AF548066

GRöLS
Verlage

„Bücher sind wie Fallschirme. Sie nützen uns nichts, wenn wir sie nicht öffnen."

Gröls Verlag

Redaktionelle Hinweise und Impressum

Das vorliegende Werk wurde zugunsten der Authentizität sehr zurückhaltend bearbeitet. So wurden etwa ursprüngliche Rechtschreibfehler *nicht* systematisch behoben, denn kleine Unvollkommenheiten machen das Buch – wie im Übrigen den Menschen – erst authentisch. Mitunter wurden jedoch zum Beispiel Absätze behutsam neu getrennt, um den Lesefluss zu erleichtern.

Um die Texte zu rekonstruieren, werden antiquarische Bücher von Lesegeräten gescannt und dann durch eine Software lesbar gemacht. Der so entstandene Text wird von Menschen gegengelesen und korrigiert – hierbei treten auch Fehler auf. Wenn Sie ebenfalls antiquarische Texte einreichen möchten, finden Sie weitere Informationen auf www.groels.de

Viel Freude bei der Lektüre wünscht Ihnen das Team des Gröls-Verlags.

Adressen

Verleger: Sophia Gröls, Im Borngrund 26, 61440 Oberursel

Externer Dienstleister für Distribution & Herstellung: BoD, In de Tarpen 42, 22848 Norderstedt

Unsere „Edition | Werke der Weltliteratur“ hat den Anspruch, eine der größten und vollständigsten Sammlungen klassischer Literatur in deutscher Sprache zu sein. Nach und nach versammeln wir hier nicht nur die „üblichen Verdächtigen“ von Goethe bis Schiller, sondern auch Kleinode der vergangenen Jahrhunderte, die – zu Unrecht – drohen, in Vergessenheit zu geraten. Wir kultivieren und kuratieren damit einen der wertvollsten Bereiche der abendländischen Kultur. Kleine Auswahl:

Francis Bacon • Neues Organon • **Balzac** • Glanz und Elend der Kurtisanen • **Joachim H. Campe** • Robinson der Jüngere • **Dante Alighieri** • Die Göttliche Komödie • **Daniel Defoe** • Robinson Crusoe • **Charles Dickens** • Oliver Twist • **Denis Diderot** • Jacques der Fatalist • **Fjodor Dostojewski** • Schuld und Sühne • **Arthur Conan Doyle** • Der Hund von Baskerville • **Marie von Ebner-Eschenbach** • Das Gemeindekind • **Elisabeth von Österreich** • Das Poetische Tagebuch • **Friedrich Engels** • Die Lage der arbeitenden Klasse • **Ludwig Feuerbach** • Das Wesen des Christentums • **Johann G. Fichte** • Reden an die deutsche Nation • **Fitzgerald** • Zärtlich ist die Nacht • **Flaubert** • Madame Bovary • **Gorch Fock** • Seefahrt ist not! • **Theodor Fontane** • Effi Briest • **Robert Musil** • Über die Dummheit • **Edgar Wallace** • Der Frosch mit der Maske • **Jakob Wassermann** • Der Fall Maurizius • **Oscar Wilde** • Das Bildnis des Dorian Grey • **Émile Zola** • Germinal • **Stefan Zweig** • Schachnovelle • **Hugo von Hofmannsthal** • Der Tor und der Tod • **Anton Tschechow** • Ein Heiratsantrag • **Arthur Schnitzler** • Reigen • **Friedrich Schiller** • Kabale und Liebe • **Nicolo Machiavelli** • Der Fürst • **Gotthold E. Lessing** • Nathan der Weise • **Augustinus** • Die Bekenntnisse des heiligen Augustinus • **Marcus Aurelius** • Selbstbetrachtungen • **Charles Baudelaire** • Die Blumen des Bösen • **Harriett Stowe** • Onkel Toms Hütte • **Walter Benjamin** • Deutsche Menschen • **Hugo Bettauer** • Die Stadt ohne Juden • **Lewis Caroll** • *und viele mehr….*

Lew Tolstoi

Hadschi Murat

Inhalt

Vorrede

Ich ging quer über die Felder nach Hause. Es war mitten im Hochsommer. Das Heu auf den Wiesen war bereits abgeerntet, und man ging daran, den Roggen zu mähen.

Es gibt um diese Zeit eine köstliche Auswahl von Feldblumen: da sind die in Rot, Weiß oder Rosa prangenden, duftigen, flaumig-weichen Kleeblüten, und die milchweißen, angenehm herb riechenden Sterne der Kamille mit dem grellgelben Kreis in der Mitte, und der gelbblühende Ackersenf mit seinem Honiggeruch, die schlanken, tulpenartigen, lila oder weiß gefärbten Glockenblumen, die kriechenden Wicken, die gelben, roten und rötlichen Skabiosen, der ins Bläuliche spielende kolbenförmige Wegerich mit dem leicht rosig angehauchten Flaum und dem kaum merklichen feinen Aroma, die anfänglich, zumal in der Sonne, hellblauen, später nachdunkelnden und zuletzt ins Rötliche übergehenden Kornblumen und die zarten, nach Mandeln duftenden, rasch welkenden Winden.

Ich hatte einen großen, in allen möglichen Farben prangenden Strauß gesammelt und ging nach Hause, als ich im Graben eine prächtige himbeerfarbene, in voller Blüte stehende Distel erblickte, von der Art, die man bei uns zu Lande „Tatarendistel" nennt und beim Mähen vorsichtig umgeht, falls sie jedoch zufällig von der Sense getroffen wird, sorgfältig aus dem Heu aufliest, damit man sich an den Stacheln nicht verwunde. Ich kam auf den Gedanken, diese Distel zu pflücken und mitten in meinen Strauß zu setzen. Ich stieg in den Graben hinab, trieb eine zottige Hummel, die sich in der Blüte festgesogen hatte und darin süß und sanft entschlummert war, von ihrem weichen Plätzchen und machte mich daran, die Blüte zu pflücken. Das war jedoch keineswegs leicht: nicht nur, daß der stachlige Stengel, selbst nachdem ich meine Hand mit dem Taschentuch umwickelt hatte, nach meinen Fingern stach: er war auch so widerstandsfähig und fest, daß ich wohl fünf Minuten lang förmlich mit ihm kämpfte und jede Faser einzeln durchreißen mußte. Als ich die Blume endlich gepflückt hatte, war der Stengel schon ganz zerfetzt und zerfasert, und auch die Blüte selbst schien nicht mehr so frisch und schön, überdies paßte sie mit ihrer plumpen, groben Form nicht recht unter die übrigen zarten Blüten des Straußes. Ich bedauerte, die Blume, die an ihrem Platze recht schön gewesen war, unnützerweise abgerissen zu haben, und warf sie fort. „Welche Energie, welche Lebenskraft steckte doch in dieser Blume!" ging es mir durch den Sinn, als ich an die Anstrengungen dachte, die es mich gekostet hatte, sie zu pflücken. „Wie verzweifelt hat sie sich gewehrt, wie teuer ihr Leben verkauft!“

Der Weg zum Hause führte über frisch gepflügtes, schwarzes, fettes Brachfeld. Ich schritt auf der staubigen, dunklen Straße daher, einen flachen Abhang hinauf. Das gepflügte Land gehörte zum Gute und war sehr groß: zu beiden Seiten, wie auch nach vorn, sah man nichts als schwarzes, gleichmäßig durchfurchtes, noch nicht geeggtes Ackerland. Der Pflug hatte hier gute Arbeit geleistet, nirgends auf dem weiten Felde sah man auch nur ein Pflänzchen, einen Grashalm, alles war gleichförmig schwarz.

„Was für ein zerstörungssüchtiges Wesen ist doch der Mensch, wieviel lebende Organismen mannigfachster Art vernichtet er, um sein eignes Leben zu erhalten!“ dachte ich, während ich unwillkürlich nach irgendeiner Spur von Vegetation inmitten dieses toten schwarzen Feldes ausschaute. Vor mir, rechts vom Wege, erblickte ich etwas wie einen kleinen Strauch. Als ich näher heranging, sah ich, daß es gleichfalls eine Tatarendistel war, von derselben Art wie jene, die ich vorhin um ihren Blütenschmuck gebracht hatte.

Die Distelstaude bestand aus drei Stengeln. An dem einen war die Blüte abgerissen, und der Stumpf starrte in die Luft wie ein Arm, dessen Hand abgehauen war. Die beiden andern Stengel trugen jeder eine Blüte. Diese Blüten waren einstmals rot gewesen, jetzt aber waren sie ganz schwarz. Der eine Stengel war geknickt, und die obere Hälfte mit der unansehnlichen Blüte an der Spitze hing herab; der andere Stengel war zwar von schwarzer Erde beschmutzt, doch ragte er immer noch gerade empor. Man sah, daß ein Rad über den ganzen stacheligen Busch hinweggegangen war, daß er sich dann aber wieder aufgerichtet hatte, wenn auch nicht ganz, denn er stand ziemlich schief, aber er stand doch jedenfalls, wie ein Mensch, dem ein Stück Fleisch aus dem Leibe gerissen, dem die Eingeweide umgekehrt, ein Arm ausgerenkt, ein Auge ausgestochen worden, der aber immer noch dasteht und dem Feinde nicht weicht, dessen Hiebe alle seine Brüder ringsum niedergemäht haben.

„Welche Energie!“ dachte ich – „alles hat der Mensch hier besiegt, Millionen von Kräutern und Gräsern hat er vernichtet, und nur dieses eine leistet ihm Widerstand.“ Und ich erinnerte mich einer Geschichte aus vergangener Zeit, aus der Epoche der Kaukasuskämpfe, die ich zum Teil miterlebt hatte, zum Teil aus den Schilderungen anderer Augenzeugen kannte und zum Teil aus der Phantasie ergänzte. Diese Geschichte, wie sie in meiner Erinnerung und meiner Vorstellung sich gestaltet hat, lasse ich hier folgen.

Erstes Kapitel

Es war an einem kalten Novemberabend des Jahres 1851, als Chadschi Murat in das etwa zwanzig Werst von der russischen Grenze entfernte, von einer unruhigen Bevölkerung bewohnte Tschetschenzendorf Machket geritten kam.

Das ganze Dorf war von dem herb duftenden Rauche des Kuhdüngers angefüllt, der in jener Gegend als Brennmaterial benutzt wurde. Der langgedehnte Gesang des Muezzin war soeben verstummt, und in der reinen Bergluft vernahm man deutlich, durch das Brüllen der Kühe und das Blöken der Schafe hindurch, die soeben über die gleich den Zellen einer Honigwabe aneinander gereihten Gehöfte des Dorfes verteilt wurden, die Kehllaute streitender männlicher Stimmen und die Unterhaltung der Frauen und Kinder unten am Springbrunnen.

Dieser Chadschi Murat war der durch seine kühnen Heldenstücke berühmte Nahib Schamyls, der nie anders als mit seinem Feldzeichen ausritt und stets von einigen Dutzend fanatischer Muriden umgeben war, die um ihn herum auf kühne Reckenart ihre Rosse tummelten. Diesmal jedoch ritt er, in seinen Baschlyk und seinen Filzmantel gehüllt, nur von einem einzigen Muriden begleitet, daher und suchte offenbar möglichst unerkannt zu bleiben. Die Mündung seiner Büchse lugte unter dem Mantel hervor. Seine scharf blickenden schwarzen Augen bohrten sich in das Gesicht jedes einzelnen Dorfbewohners ein, der ihm in den Weg kam.

Als Chadschi Murat in die Mitte des Dorfes gekommen war, ritt er nicht auf der Hauptstraße weiter, die nach dem Markte führte, sondern bog links in eine schmale Seitengasse ein. Er ritt bis zu der zweiten, auf halber Höhe des Berges in den Abhang eingegrabenen Hütte der Gasse, hielt sein Pferd an und sah sich um. Unter dem Schutzdache vor der Hütte war niemand zu sehen. Auf dem Dache jedoch, hinter dem frisch mit Lehm beworfenen Schornstein, lag unter einem Schafpelz ein Mann. Chadschi Murat stieß den auf dem Dache Liegenden mit dem Schaft seiner Reitpeitsche an und schnalzte mit der Zunge. Unter dem Schafpelz hervor kam ein alter Mann in einer Nachtmütze und einem fettglänzenden, abgetragenen Beschmet zum Vorschein. Die wimperlosen Augen des Alten waren rot und entzündet, und um sie zu öffnen, mußte er mehrmals heftig blinzeln. Chadschi Murat murmelte den üblichen Gruß: *Salem aleikum!* und enthüllte sein Gesicht. „*Aleikum salem*“ murmelte der Alte lächelnd mit dem zahnlosen Munde, nachdem er Chadschi Murat erkannt und sich auf den mageren Beinen emporgerichtet hatte. Dann zog er nicht ohne

Mühe seine neben dem Schornstein stehenden Pantoffeln mit den Holzabsätzen an, steckte, ohne sich zu beeilen, die Arme durch die Ärmel seines ruppigen, nicht überzogenen Pelzes und kletterte auf der an das Dach gelehnten Leiter mit dem Gesäß voran vom Dache hinunter. Während er sich anzog und hinabkletterte, bewegte er beständig den auf einem dünnen, runzeligen, wettergebräunten Halse sitzenden Kopf hin und her und schmatzte mit dem zahnlosen Munde. Als er auf der Erde war, nahm er dienstfertig Chadschi Murats Pferd am Zügel und wollte ihm den rechten Steigbügel halten. Doch der gewandte, stämmige Muride, der mit Chadschi Murat gekommen war, sprang rasch vom Pferde, schob den Alten zur Seite und faßte statt seiner den Bügel. Chadschi Murat stieg vom Pferde und trat leicht hinkend unter das Schutzdach. Aus der Tür der Hütte kam ihm flink ein etwa fünfzehnjähriger Knabe entgegen, der mit seinen schwarzen, an reife Glanzkirschen erinnernden Augen voll Erstaunen auf die Ankömmlinge sah.

„Geh nach der Moschee und ruf den Vater,“ befahl ihm der Alte. Dann ging er Chadschi Murat voran und öffnete ihm die knarrende Tür der Hütte.

Während Chadschi Murat die Schwelle überschritt, kam aus der nach dem Innern der Hütte führenden Tür eine nicht mehr junge, schlanke, hagere Frau in einem roten Beschmet über dem gelben Hemd und blauen Pluderhosen mit einigen Kissen heraus.

„Dein Eingang sei gesegnet“, sagte sie, verneigte sich tief und bereitete an der Vorderwand für den Gast einen Sitz aus den Kissen.

„Langes Leben sei deinen Söhnen beschieden,“ antwortete Chadschi Murat, nahm den Filzmantel, die Flinte und den Säbel ab und übergab alles dem Alten. Der Alte hing die Büchse und den Säbel vorsichtig an ein paar Nägel neben die an der Wand hängenden Waffen des Hausherrn, zwischen zwei große Becken, die an der glatt beworfenen und sauber geweißten Wand glänzten. Chadschi Murat schob seine über den Rücken gehängte Pistole zurecht, schritt auf die Kissen zu, schlug die Schöße der Tscherkeska zurück und setzte sich auf die Kissen. Der Alte hockte neben ihm auf seine nackten Fersen nieder, schloß die Augen und hob die Arme mit den ausgestreckten Händen empor. Chadschi Murat tat das Gleiche; dann strichen beide, ein Gebet hersagend, sich mit den Händen über das Gesicht und vereinigten sie am Ende des Bartes.

„Ne chabar?“ fragte Chadschi Murat den Alten – das heißt soviel wie: Was gibt's Neues?

„Chabar ick – gar nichts,“ antwortete der Alte, während er mit seinen roten, leblosen Augen nicht in Chadschi Murats Gesicht, sondern auf seine Brust sah.

„Ich lebe draußen im Bienengarten, und bin heute nur hergekommen, um einmal nach meinem Sohne zu sehen. Er weiß mehr."

Chadschi Murat begriff, daß der Alte nicht sagen wollte, was er wußte, und was Chadschi Murat gleichfalls wissen mußte. Er nickte leicht mit dem Kopfe und fragte nicht weiter.

„Angenehme Neuigkeiten wenigstens gibt es nicht," fuhr der Alte dann fort. „Nur so viel wüßte ich, daß die Hasen noch immer beraten, wie sie die Adler verjagen sollen. Die Adler aber zerfleischen bald den einen, bald den andern von ihnen. In der vorigen Woche haben die russischen Hunde den Leuten in Migiz die Heuschober verbrannt, der Schädel soll ihnen zerplatzen", sprach der Alte grimmig mit seiner heiseren Stimme.

Der Muride Chadschi Murats trat ein. Mit den kräftigen Beinen weit ausschreitend, ging er kaum hörbar über den aus festgestampfter Erde hergerichteten Estrich, nahm gleich Chadschi Murat Filzmantel, Büchse und Säbel ab und hing alles, nur den Dolch und die Pistole bei sich behaltend, an dieselben Nägel, an denen bereits die Waffen Chadschi Murats hingen.

„Wer ist das?" fragte der Alte Chadschi Murat, indem er auf den Eintretenden zeigte.

„Das ist mein Muride. Eldar ist sein Name," sagte Chadschi Murat.

„Es ist gut," sprach der Alte und wies Eldar einen Platz auf einer Filzdecke neben Chadschi Murat an.

Eldar setzte sich, schlug die Beine übereinander und ließ seine schönen, an die eines Widders erinnernden Augen auf dem Gesichte des gesprächig gewordenen Alten ruhen. Der Alte erzählte, daß in der Woche vorher ein paar wackere Burschen aus dem Dorfe zwei Soldaten gefangen genommen hätten, den einen hätten sie getötet und den anderen nach Wedeno zu Schamyl geschickt. Chadschi Murat hörte zerstreut zu, blickte nach der Tür und horchte auf die Laute, die von außen her in die Hütte drangen. Unter dem Schutzdache vor der Hütte ließen sich Schritte vernehmen, die Tür knarrte, und der Hausherr trat ein.

Sado, der Besitzer der Hütte, war ein Mann von etwa vierzig Jahren, mit einem kleinen Bärtchen, langer Nase und ebensolchen, wenn auch nicht so glänzenden Augen wie sein fünfzehnjähriger Sohn, der jetzt hinter dem Vater in die Hütte trat und sich neben die Tür niederkauerte. Der Hausherr zog an der Tür seine Holzschuhe aus, schob die alte, schäbige Lammfellmütze auf dem schon lange nicht rasierten, mit schwarzem kurzem Haar bewachsenen Kopfe in den Nacken zurück und hockte sich Chadschi Murat gegenüber auf die Fersen nieder.

Gleich dem Alten schloß auch Sado die Augen, hob die Arme mit ausgestreckten Händen empor, sprach ein Gebet, fuhr mit den Händen über sein Gesicht hin und begann erst dann zu reden. Er erzählte, daß von Schamyl ein Befehl eingegangen sei, sich Chadschi Murats, ob lebendig oder tot, zu bemächtigen. Gestern erst seien Schamyls Abgesandte fortgeritten, und da das Volk es nicht wage, Schamyl zu trotzen, so sei jedenfalls die größte Vorsicht geboten.

„In meinem Hause“, sagte Sado, „wird, solange ich lebe, meinem Gastfreunde nichts geschehen. Was wird aber geschehen, wenn du ins Feld hinausreitest? Das ist zu erwägen!“

Chadschi Murat hörte aufmerksam zu und nickte beifällig mit dem Kopfe. Als Sado geendet hatte, sagte er:

„Es ist gut. Ich brauche jetzt gleich einen Boten, der den Russen einen Brief überbringt. Einer meiner Muriden wird hinreiten; nur hinführen soll ihn der Bote.“

„Ich kann meinen Bruder Bata mitschicken,“ sagte Sado.

„Geh, hol' doch einmal Bata hierher,“ wandte er sich zu seinem Sohne. Der Knabe schnellte empor, als wenn er Sprungfedern in den flinken Beinen hätte, und lief, die Arme hin und her schwenkend, rasch aus der Hütte. Zehn Minuten später kehrte er mit einem sehnigen, kurzbeinigen, von der Sonne ganz dunkel gebrannten Tschetschenzen zurück, der eine in allen Nähten geplatzte gelbe Tscherkeska mit zerfransten Ärmeln und ein Paar schlecht sitzende schwarze Lederstrümpfe trug. Chadschi Murat begrüßte den Eintretenden und begann sogleich, ohne viele Worte zu verlieren:

„Kannst du meinen Muriden zu den Russen führen?“

„Ja, das kann ich,“ antwortete Bata munter. „Warum soll ich's nicht können? Kein Tschetschenze bringt ihn so sicher hin wie ich. Ein anderer würde dir alles Mögliche versprechen und gar nichts ausführen. Ich bring' ihn aber sicher hin.“

„Gut,“ sagte Chadschi Murat. „Für deine Mühe erhältst du drei Silberrubel,“ sagte er und hielt ihm drei Finger vor die Augen. Bata nickte, zum Zeichen, daß er ihn verstanden habe, mit dem Kopfe. Er fügte jedoch hinzu, es komme ihm nicht auf das Geld an, er tue es nur wegen der Ehre, Chadschi Murat zu dienen. Man kenne Chadschi Murat in den Bergen sehr gut und wisse, wie wacker er auf die russischen Schweine losgeschlagen habe.

„Es ist gut,“ sagte Chadschi Murat. „Ein guter Strick ist lang, eine gute Rede aber kurz.“

„Nun, ich bin schon still“, sagte Bata.

„Kennst du die Stelle, wo der Argun gegenüber dem steilen Abhange die Wendung macht? Dort liegt eine Waldwiese, zwei Heuschober stehen darauf . . .“

„Ja, ich kenne die Stelle.“

„Dort erwarten mich drei meiner Berittenen,“ sagte Chadschi Murat.

„*Aija*,“ sprach Bata und nickte mit dem Kopfe.

„Frag' nur nach Chan Mahoma. Chan Mahoma weiß, was zu tun und zu sagen ist. Ihn sollst du zum Fürsten Woranzow, dem russischen Befehlshaber, führen. Kannst du das?“

„Ja, ich werde ihn hinführen.“

„Hinführen und auch wieder zurückführen – kannst du das?“

„Ja, das kann ich.“

„Du führst ihn zurück und kommst mit ihm wieder nach der Waldwiese. Dort werde ich inzwischen eintreffen.“

„Alles werde ich tun,“ sagte Bata, erhob sich, kreuzte die Arme über der Brust und ging hinaus.

„Nun muß ich auch noch einen Mann nach Tschechi schicken“, sagte Chadschi Murat zu dem Hausherrn, als Bata hinausgegangen war. „In Tschechi ist folgendes auszurichten . . .“, fuhr er fort, während er an einer der an seiner Tscherkeska befestigten Patronen zu nesteln begann. Er ließ jedoch die Hand sogleich wieder sinken und schwieg, als er zwei Frauen erblickte, die in die Hütte eintraten. Die eine von ihnen war Sados Gattin, – dieselbe hagere, nicht mehr junge Frau, die vorhin die Kissen gebracht hatte. Die andere war ein noch ganz junges Mädchen in roten Pluderhosen und grünem Beschmet, mit einem Schmuck aus Silbermünzen, der die ganze Brust bedeckte. Am Ende ihres nicht sehr langen, dicken schwarzen Zopfes, der zwischen ihren Schultern über den schmalen Rücken herabhing, war ein Silberrubel befestigt. Sie hatte dieselben munter blinkenden schwarzen Kirschenaugen wie ihr Vater und ihr Bruder, suchte jedoch ihrem jugendlichen Gesichte einen strengen Ausdruck zu geben. Sie blickte die Gäste nicht an, doch sah man sogleich, daß sie ihre Anwesenheit fühlte.

Sados Gattin brachte einen niedrigen, runden, kleinen Tisch, auf dem sich Tee, Honig, Käse, Maiskuchen, Süßbrot und Butterfladen befanden. Das junge Mädchen trug ein Becken, eine Metallkanne und ein Handtuch herbei.

Sado und Chadschi Murat schwiegen, während die Frauen, in ihren weichen roten Schuhen unhörbar hin und her schreitend, den Tisch vor den Gästen bereitstellten. Eldar saß die ganze Zeit über, da die Frauen in der Hütte weilten, unbeweglich wie eine Statue auf seinem Platze und hielt die schönen Widderaugen auf die gekreuzten Beine geheftet. Erst als die Frauen hinausgegangen und ihre weichen Schritte hinter der Tür verhallt waren, atmete er erleichtert auf. Chadschi Murat faßte nun wieder nach der Patrone an seiner Tscherleska, zog zuerst die Kugel heraus und nahm dann einen zusammengerollten Zettel aus der Hülse.

„Das ist für meinen Sohn bestimmt“, sagte er, auf den Zettel zeigend.

„Wohin soll die Antwort gebracht werden?“ fragte Sado.

„Zu dir, und du wirst sie mir geben.“

„Das soll geschehen,“ sagte Sado und verbarg den Zettel in seiner Tscherkeska. Dann nahm er mit beiden Händen die Kanne und schob das Becken vor Chadschi Murat hin. Chadschi Murat streifte die Ärmel seines Beschmets an den muskulösen weißen Armen bis oberhalb der Handgelenke auf und hielt seine Hände unter den kristallklaren, kühlen Wasserstrahl, den Sado aus der Kanne herausfließen ließ. Das Gleiche tat hierauf auch Eldar. Während die Gäste aßen, saß Sado ihnen gegenüber und dankte ihnen immer wieder für ihren Besuch. Der an der Tür sitzende Knabe wandte seine blitzenden schwarzen Augen von Chadschi Murat nicht einen Augenblick ab und lächelte, als wollte er durch sein Lächeln die Worte des Vaters bestätigen.

Obschon Chadschi Murat seit vierundzwanzig Stunden nichts genossen hatte, aß er doch nur ein wenig Käse und Brot. Mit dem kleinen Messer, das er unter seinem Dolche hervorzog, nahm er etwas Honig, den er sich auf das Brot strich.

„Wir haben sehr schönen Honig, seit Jahren hatten wir nicht mehr so viel und so guten Honig,“ sagte der Alte, offenbar stolz darauf, daß Chadschi Murat von seinem Honig aß.

„Ich danke,“ sagte Chadschi Murat und hörte auf zu essen. Eldar hatte wohl noch Hunger, doch folgte er dem Beispiel seines Murschid, rückte vom Tische ab und reichte Chadschi Murat das Becken und die Kanne.

Sado wußte, daß er sein Leben aufs Spiel setzte, indem er Chadschi Murat bei sich aufnahm, da nach Ausbruch des Streites zwischen Schamyl und Chadschi Murat an alle Einwohner der Tschetschna, unter Androhung der Todesstrafe, das Verbot ergangen war, Chadschi Murat zu beherbergen. Er wußte, daß die Bewohner des Dorfes jeden Augenblick von der Anwesenheit Chadschi Murats in seinem Hause erfahren und seine Auslieferung verlangen konnten. Doch das machte Sado keineswegs bange. Er hielt es für seine Pflicht, einen Gast zu beschützen, selbst wenn es ihn sein Leben kosten sollte, und es erfüllte ihn mit

Genugtuung und Stolz, sich sagen zu können, daß er so handelte, wie es seine Pflicht gebot.

„Solange du in meinem Hause weilst und mein Kopf mir noch zwischen den Schultern sitzt, wird niemand dir etwas anhaben," sprach er zu Chadschi Murat.

Chadschi Murat sah ihm in die blitzenden Augen, und als er darin las, daß Sados Worte aufrichtig gemeint waren, sprach er mit einiger Feierlichkeit:

„Freude und langes Leben mögen dir zuteil werden."

Sado kreuzte schweigend die Arme über der Brust zum Zeichen seines Dankes für die wohlmeinenden Worte.

Nachdem er die Fensterläden geschlossen und im Kamin Holz nachgelegt hatte, verließ er in ganz besonders froher und angeregter Stimmung das Gastzimmer und begab sich nach jenem Teil der Behausung, in dem die Seinigen wohnten. Die Frauen schliefen noch nicht, sondern sprachen von den gefährlichen Gästen, die im Gastzimmer nächtigten.

Zweites Kapitel

In derselben Nacht hatten drei Soldaten und ein Unteroffizier die fünfzehn Werst von dem Dorfe, in dem Chadschi Murat nächtigte, entfernte Festung Wosdwischenskoje durch das Schachgerinische Tor verlassen. Die Soldaten trugen kurze Pelze nebst Fellmützen und bis über die Knie reichende Stiefel, wie sie damals die kaukasischen Soldaten zu tragen pflegten; der gerollte Mantel war über den Rücken gehängt. Die Soldaten marschierten zunächst mit dem Gewehr über der Schulter auf der Straße daher; nach etwa fünfhundert Schritten bogen sie ab, gingen, mit den Stiefeln das trockene Laub aufwühlend, noch etwa zwanzig Schritte nach rechts und machten neben einer umgebrochenen Platane, deren Stamm auch im nächtlichen Dunkel noch sichtbar war, halt. An dieser Platane wurde in der Regel ein Geheimposten ausgestellt.

Die funkelnden Steine, die, solange die Soldaten durch den Wald marschierten, über die Baumwipfel dahin zu eilen schienen, hatten jetzt gleichfalls halt gemacht und blinkten hell zwischen den entlaubten Zweigen der Bäume hindurch. „Da wären wir," sagte der Unteroffizier Panow trocken, während er das lange Gewehr mit dem aufgepflanzten Bajonett von der Schulter nahm und gegen einen Baumstamm lehnte, daß es nur so klirrte. Die drei Soldaten folgten seinem Beispiel.

„Nun hab' ich sie weiß Gott verloren!“ sagte Panow ärgerlich. „Entweder habe ich sie zu Hause vergessen, oder sie ist mir unterwegs herausgefallen.“

„Was suchst du denn?“ fragte einer der Soldaten mit munterer, kecker Stimme.

„Meine Pfeife – weiß der Teufel, wo ich sie gelassen habe!“

„Hast du wenigstens das Pfeifenrohr?“ fragte dieselbe Stimme.

„Ja, hier ist's.“

„Wart, dann wollen wir gleich Abhilfe schaffen, du kannst aus der Erde rauchen.“

Es war eigentlich verboten, auf dem Geheimposten zu rauchen, aber dieser Geheimposten hier war eigentlich gar kein solcher, sondern eher eine vorgeschobene Wache, die lediglich darauf zu achten hatte, daß die Bergbewohner nicht, wie es früher geschehen war, unbemerkt ihr Geschütz an die Festung heranbrächten und diese beschössen. Panow sah nicht ein, weshalb er sich unter solchen Umständen das Vergnügen des Rauchens versagen sollte, und so ging er auf den Vorschlag des munteren Soldaten ohne weiteres ein. Der Soldat nahm sein Messer aus der Tasche und grub damit ein Loch in dem Waldboden aus. Nachdem er die Erde an allen Seiten glatt angedrückt hatte, setzte er das Pfeifenrohr hinein, füllte das Loch mit Tabak, drückte ihn fest hinein, und die Pfeife war fertig. Das Feuerzeug blitzte auf und erhellte für einen Augenblick das knochige Gesicht des Soldaten, der auf dem Bauche dalag. Ein Pfeifen ließ sich in dem Rohre vernehmen, und Panow zog mit Behagen den angenehmen Duft des glimmenden Tabakes ein.

„Na, hast du es fertig gebracht?“ fragte er den Soldaten.

„Und ob – da, sieh doch!“ antwortete dieser.

„Bist doch ein tüchtiger Kerl, Awdjejew – ein ganz durchtriebener Bursche.“

Awdjejew rückte zur Seite, um Panow Platz zu machen. Während noch eine letzte Rauchwolke seinem Munde entstieg, legte Panow sich lang hin auf den Bauch, wischte das Mundstück des Pfeifenrohres mit dem Ärmel ab und begann drauflos zu dampfen.

Als alle der Reihe nach drangewesen waren, kamen sie ins Gespräch.

„Der Kompagniechef soll wieder mal in die Kasse gegriffen haben. Mächtig viel soll er verspielt haben,“ sagte einer der Soldaten in lässigem Ton.

„Er wird's schon zurückgeben,“ meinte Panow.

„Gewiß doch, er ist ein braver Offizier“, bestätigte Awdjejew.

„Was heißt brav!“ versetzte düster der Soldat, der die Sache aufs Tapet gebracht hatte. „Ich meine, die Kompagnie sollte ihn zur Rede stellen – wenn er's schon genommen hat, dann mag er sagen, wie viel, und wann er's zurückzahlen wird.“

„Darüber muß die Kompagnie entscheiden,“ sagte Panow, die Pfeife aus dem Munde lassend.

„Das versteht sich, dafür hat sie ihren Verstand, gerade so gut wie der einzelne Mensch,“ pflichtete Awdjejew ihm bei.

„Es muß Hafer gekauft werden, und zum Frühjahr brauchen wir neue Stiefel – woher soll das Geld genommen werden, wenn er es wegnimmt?“ murrte der Unzufriedene.

„Ich sage ja: die Kompagnie mag's entscheiden“, wiederholte Panow. „Es wäre nicht das erste Mal, daß er's nimmt und wieder zurückgibt.“

In jener Zeit verwaltete beim kaukasischen Heere jede Kompagnie ihre ökonomischen Angelegenheiten durch erwählte Vertrauensleute. Sie erhielt aus der Kasse sechs und einen halben Rubel auf den Mann und verproviantierte sich dafür selbst, pflanzte Kohl, mähte Heu, hatte ihren eigenen Fuhrpark und war stolz auf ihre wohlgenährten Pferde. Das Geld der Kompagnie befand sich in einer Schatulle, deren Schlüssel der Kompagniechef in Verwahrung hatte, und es kam häufig vor, daß dieser Anleihen bei der Schatulle machte. Ein solcher Fall lag auch diesmal wieder vor, und eben davon sprachen die Soldaten. Der mürrische Soldat – Nikitin hieß er – wollte, daß der Chef Rechenschaft ablege, während Panow und Awdjejew der Ansicht waren, daß dies nicht nötig sei.

Nach Panow kam Nikitin an die Reihe, ein paar Züge aus der Pfeife zu tun, worauf er seinen Mantel neben einem Baume ausbreitete und, mit dem Rücken gegen den Baumstamm gelehnt, sich niedersetzte. Die Soldaten verstummten. Man hörte nur das Rauschen des Windes hoch oben in den Wipfeln der Bäume. Mitten durch dieses ununterbrochene leise Geräusch hindurch ertönte plötzlich das Heulen, Winseln, Weinen und Lachen der Schakale.

„Da – wie sie lachen, die Biester!“ sagte Awdjejew.

„Sie lachen dich aus, weil deine Schnauze schief ist,“ ließ der vierte Soldat, ein Kleinrusse, seine feine, singende Stimme vernehmen.

Wieder wurde es still, nur der Wind strich durch das Geäst der Bäume und bewegte diese, daß die Sterne am Himmel abwechselnd verdeckt und wieder sichtbar wurden.

„Sag' mal, Antonytsch,“ fragte plötzlich der muntere Awdjejew den Unteroffizier, „kommt es dir auch mal vor, daß die Sehnsucht dich erfaßt?“

„Was für eine Sehnsucht?“ fragte Panow griesgrämlich.

„Mich packt es manchmal so schlimm, so schlimm, daß ich selber nicht weiß, was ich mit mir anfangen soll."

„Was du sagst!" bemerkte Panow.

„Weißt du noch, wie ich damals das Geld vertrank? Auch das geschah nur aus lauter Sehnsucht. Wie es so über mich kam, sagte ich mir: Nun wirst du dich mal ganz gehörig bezechen!"

„Es wird aber manchmal noch schlimmer, wenn man trinkt."

„Gewiß, auch das hab' ich schon erlebt – doch was soll ich machen?"

„Wonach sehnst du dich denn eigentlich so sehr?"

„Wonach ich mich sehne? Nach der Heimat, nach den Meinigen sehn' ich mich."

„Ihr seid wohl sehr reich?"

„Nicht gerade reich, aber wir hatten zu leben. Ganz gut haben wir gelebt," sagte Awdjejew und erzählte dem Unteroffizier zum soundsovielten Male seine Lebensgeschichte.

„Ich bin nämlich freiwillig für meinen älteren Bruder eingetreten," sagte er. „Er hatte fünf Kinder, und ich war eben jung verheiratet. Mütterchen bat mich so sehr, und da dachte ich: ›Was kommt mir's schon drauf an, vielleicht vergelten sie es mir einmal.‹ Ich ging zum Gutsbesitzer – ein guter Herr war's, den wir hatten – und er sagte zu mir: ›Das ist brav von dir, geh nur.‹ Na, und so bin ich eben für den Bruder eingesprungen."

„Das war sehr schön von dir," meinte Panow.

„Ja, und möchtest du's wohl glauben, Antonytsch: jetzt sehne ich mich heim! Warum bin ich eigentlich für den Bruder eingesprungen? frag' ich mich. Er spielt jetzt den Herrn, und ich kann mich hier schinden. Und je mehr ich darüber nachdenke, desto schlimmer wird's. Das mag wohl sündhaft sein, aber was soll ich machen?"

Awdjejew schwieg.

„Wollen wir nicht wieder ein Pfeifchen rauchen?" fragte er nach einem Weilchen.

„Na, dann stopf' sie mal wieder!" meinte einer von den Soldaten.

Doch sie kamen nicht mehr dazu, die Pfeife zu rauchen. Kaum hatte sich Awdjejew erhoben und mit dem Stopfen der „Pfeife" begonnen, als sich durch das leise Rauschen des Windes Schritte auf dem Wege vernehmen ließen. Panow griff nach seinem Gewehr und stieß Nikitin mit dem Fuße an. Nikitin erhob sich und nahm seinen Mantel auf. Auch Bondarenko, der vierte Soldat, stand auf.

„Was für 'nen schönen Traum hatte ich doch, Brüder!" begann er.

Awdjejew ließ einen leisen Zischlaut hören, zum Zeichen, daß er schweigen solle, und die Soldaten standen da und lauschten. Die leichten Schritte von Leuten, die offenbar keine Stiefel trugen, kamen näher. Immer deutlicher und deutlicher hörte man in der Dunkelheit das Rascheln der trockenen Blätter und Zweige. Dann vernahm man ein Gespräch in der an Kehllauten reichen Sprache der Tschetschenzen. Bald hörten die Soldaten nicht nur die Stimmen, sondern sahen auch zwei Schatten, die im matten Schimmer der sternhellen Nacht zwischen den Bäumen hinhuschten. Der eine Schatten war länger, der andere kürzer. Als die Schatten in einer Linie mit dem Posten waren, trat Panow mit zweien seiner Kameraden, das Gewehr im Anschlag, auf die Straße hinaus.

„Halt! Wer da?" rief er.

„Tschetschenze, friedlich," sagte der Kleinere der beiden Ankömmlinge, der kein anderer war als Bata. „Gewehr iok, Säbel iok," sagte er, auf sich selbst zeigend. „Fürst sprechen."

Der Größere der beiden stand schweigend neben seinem Gefährten. Auch er war unbewaffnet.

„Es werden Sendboten sein," erklärte Panow, zu den Kameraden gewandt. „Wir müssen sie zum Oberst bringen."

„Fürst Woronzow sprechen, sehr nötig, große Ding", sagte Bata.

„Gut, wir bringen euch hin," versetzte Panow. „Du kannst sie mit Bondarenko hinbringen," wandte er sich zu Awdjejew.

„Übergib sie dem diensttuenden Offizier und komm wieder zurück. Sei aber vorsichtig – laß sie immer vorausgehen!"

„Na, da hat das hier auch noch mitzureden", sagte Awdjejew und machte mit dem Bajonett eine Bewegung, als wollte er zustechen. „Sowie sich einer verdächtig macht, gibt es so was!"

„Nicht doch, wir wollen ihn doch ganz hinbringen", meinte Bondarenko.

„Na, geht nun – vorwärts, marsch!"

Als die Schritte der beiden Soldaten, die mit den Boten davonzogen, in der Ferne verhallt waren, begaben sich Panow und Nikitin wieder an ihren Platz.

„Was Teufel haben die Kerle hier in der Nacht zu suchen?" sagte Nikitin.

„Es muß wohl irgend etwas Wichtiges sein," entgegnete Panow. „Es ist recht frisch geworden", fügte er dann hinzu, wickelte seinen Mantel auseinander, zog ihn an und setzte sich unter den Baum, gegen dessen Stamm er sich lehnte.

Zwei Stunden darauf kehrten Awdjejew und Bondarenko zurück.

„Na, habt ihr sie richtig hingebracht?" fragte Panow.

„Ja. Beim Oberst war man noch auf, wir brachten sie gleich dorthin. Sind doch ganz prächtige Jungen, diese Kahlköpfe, sag' ich dir", fuhr Awdjejew fort. „Bei Gott! Hab' mich sehr gut mit ihnen unterhalten."

„Du unterhältst dich mit aller Welt gut," sagte Nikitin mürrisch.

„Nein, wirklich – ganz wie die Russen sind sie. Der eine ist verheiratet. ›Maiuschka,‹ frag' ich ihn – ›bar?‹ – ›Bar‹, sagte er. ›Schafe,‹ frag' ich ihn, ›bar?‹ – ›Bar‹, sagt er, ›viele.‹ ›Pferdchen,‹ frag' ich ihn, ›bar?‹ – ›Ein Paar,‹ sagt er. Und so ging es weiter. Prächtige Leute, wirklich!"

„Was heißt da prächtig!" sagte Nikitin. „Trifft er dich irgendwo allein, dann schlitzt er dir den Bauch auf, ohne sich zu bedenken."

„Der Tag wird bald anbrechen," meinte Panow.

„Ja, die Sterne werden schon blasser", sagte Awdjejew, sich niedersetzend. Und die Soldaten verstummten wieder.

Drittes Kapitel

Die Fenster der Kaserne und der kleinen Soldatenhäuschen waren längst dunkel, und nur in einem der großen Häuser der Festung waren noch alle Fenster erhellt. In diesem Hause wohnte der Kommandant des Kurinischen Regiments, Fürst Semjon Michajlowitsch Woronzow, ein Sohn des Oberstkommandierenden gleichen Namens, der als Statthalter in Tiflis residierte. Der junge Woronzow lebte mit seiner Gattin Maria Wassiljewna, einer gefeierten Petersburger Schönheit, in der kleinen kaukasischen Festung mit größtem Aufwand, wie noch nie ein Mensch in dieser Gegend gelebt hatte. Woronzow aber, und ganz besonders seiner Frau, schien es, daß sie hier nicht nur ein sehr bescheidenes, sondern geradezu ein entbehrungsvolles Leben führten.

Jetzt, um die Mitternachtsstunde, saß der Hausherr in dem großen Salon mit dem den ganzen Fußboden bedeckenden Riesenteppich und den herabgelassenen schweren Portieren im Kreise seiner Gäste an dem von vier Kerzen erleuchteten Spieltisch und spielte mit ihnen Karten. Fürst Woronzow war ein blonder Mann mit langem Gesichte; er trug die Uniform eines Flügeladjutanten, mit Namenszug und Achselschnüren; sein Partner beim Spiel war ein Kandidat der Petersburger Universität, ein junger Mensch von mürrischem, struppigem Aussehen, den die Fürstin vor kurzem als Lehrer ihres Sohnes aus erster Ehe engagiert hatte. Ihre Spielgegner waren zwei Offiziere, der von der Garde übergetretene Kompagniechef Poltorazkij, ein Mensch mit vollem rotem Gesicht, und der Regimentsadjutant, der in auffallend gerader Haltung, mit kühlem Ausdruck in dem schönen Gesichte, dasaß. Die Fürstin Maria Wassiljewna selbst, eine stattliche Schöne von hohem Wuchse, mit großen Augen und dichten schwarzen Brauen, saß neben Poltorazkij, dessen Beine sie mit ihrer Krinoline berührte, und sah ihm in die Karten. Ihre Worte, ihre Blicke, ihr Lächeln, jede Bewegung ihres Körpers, das Parfüm, dessen Duft sie ausströmte – alles das verdrehte Poltorazkij so sehr den Kopf, daß er über ihrer Gegenwart sich selbst vergaß, beim Spiel Fehler über Fehler machte und seinen Partner immer mehr aus dem Häuschen brachte.

„Nein, das ist nicht zum Aushalten – nun verschenkt er schon wieder ein Aß!“ sagte der Adjutant und wurde ganz rot vor Ärger, als Poltorazkij aus Unachtsamkeit ein Aß abwarf.

Poltorazkij riß, als wenn er eben aus dem Schlafe erwachte und nicht wüßte, um was es sich handelte, seine gutmütigen schwarzen Augen weit auf und sah den unzufriedenen Adjutanten groß an.

„Nun, verzeihen Sie ihm schon,“ sagte Maria Wassiljewna lächelnd, „Sie sehen, daß ich recht hatte – ich sagte es Ihnen gleich“, wandte sie sich an Poltorazkij.

„Sie haben mir doch kein Wort davon gesagt,“ sagte Poltorazkij lächelnd.

„Wirklich nicht?“ entgegnete sie und lächelte wieder. Und dieses Lächeln, das gleichsam eine Antwort auf sein eigenes Lächeln war, erregte und entzückte Poltorazkij so sehr, daß er feuerrot wurde, in seiner Ekstase mechanisch nach den Karten griff und sie zu mischen begann.

„Ich gebe die Karten“, sagte der Adjutant streng, nahm ihm das Spiel aus der Hand und verteilte die Karten mit seiner ringgeschmückten weißen Hand so nonchalant, als wenn er sie nur so rasch wie möglich loszuwerden suchte.

Der Kammerdiener des Fürsten betrat den Salon und meldete, daß der diensttuende Offizier den Fürsten zu sprechen wünsche.

„Die Herren gestatten wohl“, sagte der Fürst, der das Russische mit englischem Akzent sprach. „Vielleicht vertrittst du mich solange, Marie . . .“

„Ist's den Herren recht?“ fragte die Fürstin, während sie sich, in den rauschenden Seidengewändern, mit dem strahlenden Lächeln einer glücklichen Frau, rasch und leicht in ihrer ganzen stattlichen Größe erhob.

„Mir ist jederzeit alles recht“, sagte der Adjutant, im stillen sehr zufrieden, daß die Fürstin, die keine Ahnung vom Spiel hatte, jetzt gegen ihn spielen sollte. Poltorazkij lächelte nur übers ganze Gesicht vor lauter Staunen und Glück.

Der Robber war zu Ende, als der Fürst in den Salon zurückkam. Er war in sehr angeregter, heiterer Stimmung.

„Ich mache Ihnen einen Vorschlag, Herrschaften.“ –
„Nun?“
„Trinken wir ein Glas Champagner!“
„Dazu bin ich stets bereit“, sagte Poltorazkij.
„Sehr angenehm,“ sagte der Adjutant.
„Wassilij, Champagner!“ wandte der Fürst sich zu dem Kammerdiener.
„Warum wurdest du angerufen?“ fragte Marie Wassiljewna.
„Der Offizier vom Dienst wollte mich sprechen – und noch jemand anders . . .“
„Wer? Was gibt's?“ fragte Maria Wassiljewna hastig.
„Ich kann es nicht sagen,“ versetzte Woronzow achselzuckend.
„Du kannst es nicht sagen?“ wiederholte Maria Wassiljewna. „Nun, das werden wir sehen.“
Man brachte den Champagner. Die Gäste tranken jeder ein Glas, beendeten das Spiel, rechneten ab und verabschiedeten sich voneinander.
„Ihre Kompagnie soll morgen eine Streife durch den Wald unternehmen?“ fragte der Fürst Poltorazkij.
„Ja – warum?“
„Nun, dann sehen wir uns morgen,“ sagte der Fürst mit leichtem Lächeln.
„Sehr angenehm,“ sagte Poltorazkij, der gar nicht recht verstanden hatte, was Woronzow zu ihm sagte, und nur an den Händedruck dachte, den er sogleich mit Maria Wassiljewna austauschen würde.
Die Fürstin drückte nicht nur Poltorazkijs Hand, sondern schüttelte sie auch nach ihrer Gewohnheit recht kräftig. Sie kam noch einmal auf den Fehler zu sprechen, den er beim Spiel gemacht hatte, als er fälschlicherweise mit Karo herauskam. Und auf ihrem Gesichte lag dabei ein Lächeln, das ihm ganz besonders freundlich und verheißungsvoll erschien.
Als Poltorazkij nach Hause ging, befand er sich in einer begeisterten Stimmung, die nur jemand begreifen kann, der gleich ihm in der großen Welt aufgewachsen ist und nach monatelangem rauhem Kriegsdienst wieder einer Frau aus jener Welt, noch dazu einer Frau wie der Fürstin Woronzow, begegnet.
Als er an das Häuschen kam, in dem er mit einem Kameraden wohnte, stieß er mit dem Fuße gegen die Außentür, doch die Tür war verschlossen. Er begann zu klopfen, aber niemand öffnete. Er ward ärgerlich und stieß nochmals mit dem Fuße und dem Säbel gegen die verschlossene Tür. Hinter der Tür ließen sich Schritte vernehmen, und Poltorazkijs leibeigener Diener Wawila schob den Riegel zurück.
„Wie kommst du auf einmal darauf, die Tür zu verriegeln? Tölpel!“

„Es kann doch so leicht jemand eindringen Alexej Wladimiro . . .“

„Bist wieder mal betrunken, was? Wart', ich will dich lehren . . .“

Er wollte Wawila einen Schlag versetzen, besann sich jedoch eines anderen.

„Na, hol' dich schon der Teufel. Mach' Licht.“

„Sofort, im Augenblick . . .“

Wawila war in der Tat betrunken, er war beim Zeugunteroffizier zur Namenstagsfeier gewesen.

Als er nach Hause gekommen, hatte er so allerhand Vergleiche zwischen seinem eigenen Leben und dem Leben des Zeugunteroffiziers Iwan Matwjejewitsch angestellt. Iwan Matwjejewitsch hatte seine schönen Einnahmen, war verheiratet und hoffte, nach einem Jahre seinen Abschied zu bekommen.

Wawila dagegen war als Knabe von der Herrschaft ins Haus genommen worden, und er zählte bereits vierzig Jahre und war noch immer nicht verheiratet, sondern mußte mit seinem liederlichen Herrn dieses elende Lagerleben führen.

Er war ja kein böser Mensch, sein Herr, er prügelte ihn nur selten einmal, aber was für ein Leben war das im Grunde genommen! Er hatte versprochen, sobald er aus dem Kaukasus nach Hause käme, ihm den Freibrief zu geben, aber was sollte Wawila mit dem Freibrief anfangen?

„Ein Hundeleben ist's,“ dachte Wawila, und weil er sehr schläfrig war, beschloß er, sogleich zu Bett zu gehen. Da er jedoch fürchtete, es könnte jemand kommen und etwas stehlen, so hatte er der Vorsicht halber den Riegel vorgeschoben.

Poltorazkij betrat das Zimmer, in dem er mit seinem Kameraden Tichonow zusammen schlief.

„Na, hast du verspielt?“ begann Tichonow, der bei seinem Eintritt erwacht war.

„Im Gegenteil – ich habe siebzehn Rubel gewonnen, und eine Cliquot habe ich mit leeren helfen.“

„Und Maria Wassiljewna angehimmelt . . .“

„Und Maria Wassiljewna angehimmelt – ganz recht . . .“, wiederholte Poltorazkij.

„Es ist bald Zeit zum Aufstehen,“ sagte Tichonow, „um sechs Uhr sollen wir abmarschieren.“

„Heda, Wawila!“ rief Poltorazkij, „daß du mich ja um fünf Uhr weckst!“

„Damit Sie mich prügeln, wenn ich Sie wecke, nicht wahr?“

„Wecken sollst du mich – hörst du, Kerl!“

„Zu Befehl.“

Wawila nahm die Stiefel und Kleider seines Herrn und entfernte sich. – Poltorazkij legte sich ins Bett, zündete sich lächelnd eine Zigarette an und löschte das Licht aus. Im Dunkeln sah er das lächelnde Gesicht Maria Wassiljewnas vor sich.

Bei Woronzows schlief man nicht sogleich ein. Als die Gäste fort waren, trat Maria Wassiljewna auf ihren Mann zu, blieb vor ihm stehen und sagte streng:

„Nun, wirst du mir jetzt sagen, wer da war?"

„Aber, meine Liebe . . ."

„Ach was, meine Liebe! Es war ein geheimer Abgesandter, nicht wahr?"

„Und wenn es selbst der Fall war – ich darf es nicht sagen."

„Du darfst nicht? Gut, dann will ich es sagen!"

„Du?"

„Es war Chadschi Murat, nicht wahr?" sagte die Fürstin. Sie hatte bereits seit einigen Tagen von Unterhandlungen gehört, die mit Chadschi Murat geführt wurden, und vermutete nun, daß Chadschi Murat selbst bei ihrem Manne erschienen sei.

Woronzow konnte nun nicht mehr leugnen, doch bereitete er seiner Frau eine Enttäuschung durch die Mitteilung, daß nicht Chadschi Murat selbst, sondern nur sein Abgesandter erschienen sei – er habe ihm die Nachricht überbracht, daß Chadschi Murat an der Stelle, wo im Walde das Holz gefällt würde, mit ihm zusammentreffen wolle.

In dem einförmigen Festungsleben, daß die jungen Woronzows führten, bot dieses Ereignis immerhin eine Abwechslung, über die sie beide erfreut waren. Sie plauderten noch eine ganze Weile darüber, wie angenehm die Nachricht seinem Vater sein würde, und legten sich erst gegen drei Uhr zu Bett.

Viertes Kapitel

Auf der Flucht vor den gegen ihn ausgesandten Muriden Schamyls begriffen, hatte Chadschi Murat drei Nächte schlaflos verbracht, und als nun Sado ihm gute Nacht wünschte und das Zimmer verließ, fiel der Gast sogleich in tiefen Schlaf. Er schlief in seinen Kleidern, auf die Hand gestützt, den Ellbogen in die roten Daunenkissen vergrabend, die ihm der Hausherr zurechtgelegt hatte. An der Wand, ganz in seiner Nähe, hatte Eldar sich niedergelegt. Eldar lag, die kräftigen jungen Schultern breit auseinanderstreckend, auf dem Rücken, und seine hohe Brust mit den schwarzen Patronen auf der weißen Tscherkeska lag höher als der frisch rasierte, bläulich schimmernde Kopf, der von dem Kissen herabgeglitten war. Seine mit leichtem Flaum bedeckte Oberlippe stand wie bei einem Kinde ab, und sein Mund schloß und öffnete sich abwechselnd, als schlürfe er etwas. Auch er schlief, gleich Chadschi Murat, in den Kleidern, mit der Pistole und dem Dolch im Gürtel. Das Feuer im Kamin verglomm, und das Lämpchen in der Nische schimmerte kaum merklich.

Mitten in der Nacht knarrte die Tür des Gastzimmers, Chadschi Murat fuhr sogleich empor und griff zu seiner Pistole. Sado war es, der, kaum hörbar über den Estrich schreitend, ins Zimmer getreten war.

„Was gibt es?“ fragte Chadschi Murat mit einer Miene, als hätte er überhaupt kein Auge geschlossen.

„Wir müssen Rat halten“, sagte Sado, während er sich vor Chadschi Murat niederkauerte. „Eine Frau hat vom Dache aus gesehen, wie du ankamst, sie hat es ihrem Manne erzählt, und nun weiß es das ganze Dorf, daß du hier bist. Soeben kam die Nachbarin zu meiner Frau und erzählte ihr, daß die Ältesten in der Moschee darüber beraten, ob sie dich nicht festnehmen sollen.“

„Dann muß ich aufbrechen“, sagte Chadschi Murat.

„Die Pferde sind bereit“, sagte Sado und verließ rasch das Gastzimmer.

„Eldar“, rief Chadschi Murat leise seinen Gefährten. Als Eldar die Stimme seines Murschids vernahm und seinen eigenen Namen hörte, sprang er auf die kräftigen Beine empor und schob die Lammfellmütze auf dem Kopfe zurecht. Chadschi Murat legte seine Waffen an und nahm den Filzmantel um. Eldar folgte seinem Beispiel, und beide traten aus der Hütte unter das Schutzdach. Der schwarzäugige Knabe führte ihre Pferde vor. Als der Hufschlag der Pferde auf der festgestampften Straße erklang, erschien ein Kopf in der Tür der Nachbarhütte, und gleich darauf lief ein Mann, mit den Holzschuhen klappernd, bergan nach der Moschee.

Der Mond war nicht sichtbar, nur die Sterne schimmerten hell von dem schwarzen Himmel, und im Dunkel sah man die Umrisse der Hausdächer und der über die übrigen Gebäude emporragenden Moschee mit dem Minarett im oberen Teil des Dorfes. Von der Moschee her ließen sich laute Stimmen vernehmen.

Chadschi Murat zog sein Gewehr an, trat mit dem Fuß in den schmalen Steigbügel, schwang sich leicht aufs Pferd und setzte sich in dem hohen Sattelpolster zurecht.

„Gott vergelt's“, sagte er, zu seinem Gastfreund gewandt, während sein rechter Fuß gewohnheitsmäßig den zweiten Steigbügel suchte. Dann berührte er mit seiner Peitsche ganz leicht die Schulter des Knaben, der sein Pferd hielt, zum Zeichen, daß er zur Seite treten solle. Der Knabe trat zurück, und das Pferd wandte sich, als wenn es schon wüßte, was es zu tun hätte, mit raschem Schritt aus dem Seitengäßchen nach der Hauptstraße. Eldar ritt hinterher, während Sado in seinem Pelze, rasch die Arme hin und her schwenkend, und abwechselnd von einer Seite der schmalen Straße nach der andern laufend, ihnen folgte.

An einer Ausfahrt, die auf die Straße hinausging, zeigte sich ein beweglicher Schatten, dann ein zweiter.

„Halt! Wer da? Bleib stehen!" rief eine Stimme, und ein paar Gestalten traten den Reitern in den Weg.

Statt stehen zu bleiben, zog Chadschi Murat seine Pistole aus dem Gürtel, trieb sein Pferd an und sprengte gerade auf die Leute los, die ihm den Weg versperrten. Sie liefen zur Seite, und ohne sich umzusehen, jagte Chadschi Murat in raschem Paßgang bergab, die Straße entlang. Eldar folgte ihm in scharfem Trabe. Zwei Schüsse fielen hinter ihnen, und zwei Kugeln pfiffen vorüber, trafen jedoch keinen von ihnen. Chadschi Murat ritt in demselben Tempo weiter. Als er etwa dreihundert Schritte zurückgelegt hatte, hielt er sein Pferd, das ein wenig außer Atem gekommen war, einen Augenblick an und lauschte in die Ferne. Vor ihm rauschte in der Tiefe ein rasch fließendes Wasser. Hinter ihm krähten die Hähne im Dorfe. Durch diese Laute hindurch ließ sich plötzlich der Hufschlag von Pferden und ein Gewirr von menschlichen Stimmen, die vom Dorfe her immer näher kamen, vernehmen. Chadschi Murat trieb sein Pferd an und ritt, immer in derselben raschen Gangart, weiter. Die Verfolger jagten im Galopp heran und hatten Chadschi Murat bald erreicht. Es waren an die zwanzig Reiter, die ihm nachsetzten, lauter Einwohner des Dorfes, die beschlossen hatten, Chadschi Murat festzunehmen oder sich, um vor Schamyl gerechtfertigt dazustehen, wenigstens so zu stellen, als wollten sie ihn festnehmen. Als sie so nahe herangekommen waren, daß sie im Dunkeln zu sehen waren, machte Chadschi Murat halt, ließ den Zügel sinken, streifte mit einem raschen Griff der linken Hand das Futteral von seiner Büchse ab und zog sie mit der Rechten heraus. Eldar tat desgleichen.

„Was wollt ihr?" rief Chadschi Murat. „Mich festnehmen? Nun – so nehmt mich fest!" Und er riß die Büchse an die Schulter.

Die Dorfbewohner blieben stehen. Die Büchse im Arme, ritt Chadschi Murat weiter, einen Abhang hinunter, der auf den Grund einer Schlucht führte. Die Verfolger ritten hinterher, ohne sich ihm zu nähern. Als Chadschi Murat jenseits der Schlucht war, riefen sie ihm zu, er möchte doch anhören, was sie ihm zu sagen hätten. Als Antwort darauf schoß Chadschi Murat seine Büchse ab und galoppierte davon. Als er sein Pferd anhielt, hörte er nichts mehr von seinen Verfolgern, auch die Hähne waren nicht mehr zu hören; dafür klang das Rauschen des Wassers im Walde jetzt vernehmlicher, und von Zeit zu Zeit ertönte der klagende Schrei eines Uhus. Die dunkle Wand des Waldes schien in nächste Nähe gerückt. Es war jener Wald, in dem Chadschi Murat von seinen Muriden erwartet wurde. Als er den Waldrand erreicht hatte, machte er halt, holte tief Atem, ließ einen lauten Pfiff ertönen und horchte dann in die Nacht hinaus. Im nächsten Augenblick schon ertönte ein gleicher Pfiff aus dem Walde. Chadschi Murat bog vom Wege ab und ritt quer durch den Wald. Als er etwa hundert Schritte zurückgelegt hatte, sah er ein Feuer zwischen den Baumstämmen schimmern; menschliche Gestalten lagerten um das Feuer, dessen Schein auf ein in der Nähe grasendes, an drei Beinen gefesseltes, jedoch sattelfertiges Pferd fiel.

Es waren vier Männer, die um das Feuer herumsaßen. Einer von ihnen erhob sich rasch, kam auf Chadschi Murat zu und griff nach seinem Zügel und dem Steigbügel. Es war Chadschi Murats Blutsbruder Chanefi, der sein Hauswesen und seine Güter verwaltete.

„Löscht das Feuer aus“, sagte er, während Chadschi Murat vom Pferde stieg.

Die Leute am Feuer begannen sogleich, es auszulöschen, indem sie die brennenden Haufen auseinanderwarfen und die glimmenden Äste austraten.

„Ist Bata hier gewesen?“ fragte Chadschi Murat, auf den Filzmantel zutretend, der auf der Erde hingebreitet lag.

„Ja. Er ist schon lange fort, mit Chan Mahoma.“

„Welchen Weg haben sie eingeschlagen?“

„Diesen da,“ antwortete Chanefi; er zeigte nach einer Richtung, die jener entgegengesetzt war, aus der Chadschi Murat gekommen.

„Es ist gut,“ sagte Chadschi Murat und begann seine Büchse zu laden. „Wir müssen Wachen ausstellen, sie haben mir nachgesetzt,“ sprach er dann zu einem der Männer, der noch damit beschäftigt war, das Feuer auszulöschen.

Es war der Tschetschenze Hamsalo, den Chadschi Murat angesprochen hatte. Hamsalo ging zu dem Filzmantel hin, ergriff eine im Futteral steckende Büchse, die dort lag, und begab sich schweigend an den Rand der Lichtung, nach jener Seite, von der Chadschi Murat hergekommen war. Eldar, der abgestiegen war und sein Pferd, wie auch dasjenige Chadschi Murats, mit hochgestrecktem Kopfe an den Bäumen in der Nähe festgebunden hatte, begab sich gleichfalls mit der Büchse über der Schulter an den Rand der Lichtung. Das Feuer war ausgelöscht, und der Wald erschien nun nicht mehr so schwarz wie vorher. Am Himmel blinkten, wenn auch nur mit schwachem Schimmer, die Sterne.

Chadschi Murat sah zu den Sternen auf – er suchte das Siebengestirn, das bereits bis zur Hälfte des Himmels emporgestiegen war. Sie sagten ihm, daß es lange nach Mitternacht sei, und daß es längst Zeit sei, das Nachtgebet zu verrichten. Er ließ sich von Chanefi das Becken reichen, das stets beim Gepäck mitgeführt wurde, zog seinen Filzmantel an und begab sich an das Wasser.

Er zog seine Schuhe aus und nahm die Fußwaschung vor, worauf er mit bloßen Füßen auf den ausgebreiteten Filzmantel trat, niederhockte und zunächst, Augen und Ohren mit den Fingern zuhaltend, mit nach Osten gewandtem Gesichte das übliche Gebet sprach.

Als er das Gebet beendet hatte, kehrte er an den Lagerplatz zurück, setzte sich dort neben den Sätteln und Quersäcken auf den Filzmantel, stützte die Ellbogen auf die Knie, ließ den Kopf sinken und vertiefte sich in seine Gedanken.

Chadschi Murat hatte stets an sein Glück geglaubt. Wenn er etwas unternahm, war er von vornherein fest davon überzeugt, daß der Erfolg ihm sicher sei, und er hatte in der Tat während seines stürmischen, von Kampf und Streit bewegten Lebens fast immer Glück gehabt. Er hoffte, daß es auch diesmal nicht anders sein würde. Er stellte sich vor, daß er mit den Truppen, die ihm Woronzow zur Verfügung stellte, gegen Schamyl ziehen, ihn gefangen nehmen und an ihm Rache nehmen würde, daß alsdann der Zar ihn dafür belohnen und er nicht nur über Awarien, sondern auch über die gedemütigte Tschetschna herrschen würde. Mit diesen Gedanken beschäftigt, war er unversehens eingeschlafen.

Er sah im Traume, wie er mit seinen tapferen Getreuen unter Gesang und lautem Kampfgeschrei: „Chadschi Murat kommt!“ gegen Schamyl losstürmte, wie er ihn samt seinen Frauen gefangen nahm, und er hörte das Schluchzen und Weinen der Weiber. Er erwachte aus dem Traume: das Kampflied „La Illaha!“, das Kriegsgeschrei „Chadschi Murat kommt!“ und das Weinen der Frauen Schamyls war in Wirklichkeit nichts anderes als das Heulen, Weinen und Lachen der Schakale, die ihn aus dem Schlafe aufgestört hatten. Chadschi Murat hob den Kopf empor, sah nach dem bereits zwischen den Baumstämmen hindurchschimmernden Morgenhimmel und fragte einen der Muriden, der ein wenig abseits von ihm saß, ob Chan Mahoma schon zurück sei. Als er vernahm, daß Chan Mahoma noch nicht da sei, ließ er den Kopf von neuem sinken und schlummerte sogleich wieder ein.

Er wurde durch die muntere Stimme Chan Mahomas geweckt, der mit Bata von seiner Sendung zurückgekehrt war. Chan Mahoma setzte sich sogleich zu

Chadschi Murat hin und begann ihm zu erzählen, wie die Soldaten ihn empfangen und zum Fürsten selbst geführt hätten, wie er mit dem Fürsten selbst gesprochen habe, wie der Fürst hocherfreut gewesen sei und versprochen habe, mit ihnen jenseits des Migik, auf der Schamylskischen Lichtung, wo die Russen Holz fällen wollten, zusammenzutreffen. Bata unterbrach immer wieder den Bericht seines Gefährten und flocht seinerseits allerhand Einzelheiten ein.

Chadschi Murat fragte seine Boten ganz eingehend und genau nach dem Wortlaut der Antwort, die Woronzow auf Chadschi Murats Anerbieten, zu den Russen überzugehen, erteilt hätte. Sowohl Chan Mahoma, wie auch Bata, antworteten einstimmig, der Fürst habe versprochen, Chadschi Murat als seinen Gast zu empfangen und aufs beste zu behandeln. Chadschi Murat erkundigte sich noch über den Weg, und als Chan Mahoma ihm versicherte, daß er den Weg ganz genau kenne und ihn sicher hinführen würde, nahm er Geld aus der Tasche und gab Bata die versprochenen drei Silberrubel. Seinen Leuten aber befahl er, aus den Quersäcken die kostbaren goldverzierten Waffen und die Lammfellmütze mit dem Turban hervorzuholen, sich selbst aber äußerlich so blank und sauber zu machen, daß sie in den Augen der Russen wohl bestehen könnten. Während sie die Waffen, das Sattelzeug, das Geschirr und die Pferde putzten, ward der Sternenhimmel bleicher und bleicher. Bald wurde es ganz hell, und der Morgenwind rauschte leise durch die Wipfel der Bäume.

Fünftes Kapitel

Am frühen Morgen, noch in der Dunkelheit, waren zwei Kompagnien mit Beilen unter dem Kommando Poltorazkijs bis auf zehn Werst vor das Schachgirinskische Tor hinausmarschiert, hatten eine Vorpostenkette vorgeschoben und sich, sobald es zu tagen anfing, an das Fällen der Bäume gemacht. Gegen acht Uhr begann der Nebel, vermischt mit dem dichten, stickigen Rauch der in den Lagerfeuern knisternden feuchten Baumzweige, höher zu steigen. Die mit der Niederlegung des Waldes beschäftigten Soldaten, die einander vorher auf fünf Schritte nicht mehr gesehen, sondern nur noch gehört hatten, konnten jetzt sowohl die Lagerfeuer wie den von den Baumstämmen versperrten, quer durch den Wald führenden Weg deutlich unterscheiden. Die Sonne erschien von Zeit zu Zeit als ein leuchtender Fleck im Nebel, um dann für eine Weile wieder unsichtbar zu werden. In einer kleinen Lichtung abseits vom Wege saßen auf den Trommeln Poltorazkij und sein

Subalternoffizier Tichonow, ferner zwei Offiziere der dritten Kompagnie und ein ehemaliger Offizier der Chevaliergarde namens Baron Freese, ein Bekannter Poltorazkijs vom Pagenkorps her, der wegen eines Duells degradiert worden war. Um die Trommeln herum lagen leere Flaschen, Zigarettenstummel und Papierhüllen, in denen die Offiziere ihr Frühstück mitgebracht hatten. Sie hatten sich durch ein Glas Branntwein und einen Imbiß gestärkt und dann ein Glas Porter getrunken. Der Tambour war eben dabei, eine neue Flasche zu entkorken. Poltorazkij war, obschon er nicht ausgeschlafen hatte, doch in jener ganz besonderen, sorglos heiteren und gehobenen Stimmung, die ihn inmitten seiner Soldaten und Kameraden jedesmal überkam, sobald Gefahr ihn umwitterte.

Die Offiziere unterhielten sich lebhaft über die letzte Neuigkeit – den Tod des Generals Sljepzow. Keiner von ihnen sah in diesem Tode jenen wichtigsten Augenblick des menschlichen Daseins, in dem das Leben zu Ende geht und zu jenem Urquell, aus dem es hervorgegangen, zurückkehrt – alle sahen vielmehr nur die Tapferkeit des kühnen Offiziers, der mit dem Säbel in der Faust kühn auf die Bergbewohner losgestürmt war und verzweifelt auf sie dreingehauen hatte.

Zwar wußten alle diese Offiziere, namentlich diejenigen von ihnen, die selbst schon mit im Feuer gewesen waren, daß es während jenes Krieges im Kaukasus niemals und nirgends zu solch einem Nahkampf mit dem Säbel gekommen war, wie man sich ihn gewöhnlich vorstellt, und wie er auch vielfach geschildert wird. Sie wußten, daß, wenn schon ein Nahkampf mit Bajonett und Säbel vorkam, diese Waffen höchstens den Rücken des fliehenden Feindes bearbeiteten. Gleichwohl wurde die Fiktion eines solchen Nahkampfes von den Offizieren aufrecht erhalten, und sie war es, die ihnen jenen ruhigen Stolz und jene Heiterkeit verlieh, mit der sie teils in malerisch kecker, teils in selbstbewußt zurückhaltender Haltung auf den Trommeln saßen, rauchten, tranken und scherzten und sich nicht die geringste Sorge um den Tod machten, der jeden Augenblick an sie ebenso wie an Sljepzow plötzlich herantreten konnte. Und wie zur Bestätigung der Erwartung, in der sie dasaßen, fiel plötzlich mitten in ihr Gespräch hinein links vom Wege her ein Büchsenschuß, und eine Kugel pfiff lustig durch den Nebeldunst, um irgendwo in einen Baum einzuschlagen. Ein paar laute, dumpf knallende Schüsse aus den Gewehren der Soldaten antworteten auf den feindlichen Schuß.

„Aha," rief Poltorazkij in heiterem Tone, „das war in der Vorpostenkette! Nun, mein lieber Kostja," wandte er sich an Freese, „du hast wirklich Glück. Jetzt geh' mal zur Kompagnie – wir werden gleich eine Schlacht haben, so wild und heiß, wie man sie sich nur wünschen kann. Das soll eine Galavorstellung werden."

Der degradierte Baron sprang auf und begab sich raschen Schrittes nach jenem verqualmten Revier, in dem seine Kompagnie an der Arbeit war. Poltorazkij ließ sich seinen kleinen, gelbmäuligen, dunkelbraunen Kabardiner vorführen, setzte sich darauf, ließ seine Kompagnie antreten und führte sie in der Richtung, aus der der Schuß gefallen war, zur Vorpostenlinie vor. Die Vorpostenkette lag am Rande des Waldes, vor einer kahlen Schlucht, die sich niederwärts zog. Der Wind wehte nach dem Walde zu, und nicht nur der diesseitige Abhang, sondern auch die jenseitige Wand der Schlucht war deutlich sichtbar. Als Poltorazkij die Vorposten erreichte, trat gerade die Sonne aus dem Nebel hervor, und auf der gegenüberliegenden Seite der Schlucht, am Rande eines zweiten, niedrigen Waldes, der dort begann, wurden in einer Entfernung von etwa dreihundert Schritten einige Reiter sichtbar. Es waren die Tschetschenzen, die Chadschi Murat verfolgt hatten und sich davon überzeugen wollten, daß er wirklich zu den Russen ging. Einer von ihnen hatte nach den Vorposten hinübergeschossen, und ein paar Soldaten aus der Vorpostenkette hatten ihm geantwortet. Die Tschetschenzen hatten sich zurückgezogen, und das Gewehrfeuer war eingestellt worden, als jedoch Poltorazkij mit seiner Kompagnie anmarschiert kam, ließ er sogleich wieder schießen. Kaum war der Befehl erteilt, als auch auf der ganzen Linie alsbald ein ununterbrochenes keckes Knattern und Knallen einsetzte und bald hier, bald dort zierliche kleine Rauchwölkchen aufstiegen. Die Soldaten, die in der Schießerei eine willkommene Abwechselung sahen, luden in raschem Tempo ihre Gewehre und gaben Schuß auf Schuß ab. Die Tschetschenzen waren nicht faul und schossen gleichfalls, indem sie einzeln Mann für Mann vorsprangen. Einer ihrer Schüsse traf einen Soldaten. Es war derselbe Awdjejew, der mit auf dem Geheimposten gewesen war. Als die Kameraden zu ihm eilten, lag er mit dem Rücken nach oben da, hielt sich mit beiden Händen auf die am Bauche befindliche Wunde, zuckte von Zeit zu Zeit und stöhnte leise.

„Ich war gerade dabei, mein Gewehr zu laden, als ich ein Zischen hörte," erzählte Awdjejews Nebenmann, „und wie ich hinschaue, seh' ich, daß er das Gewehr fallen läßt."

Awdjejew stand bei Poltorazkijs Kompagnie. Als dieser die Soldaten zusammenlaufen sah, ritt er an die Gruppen heran.

„Hast du was abbekommen, mein Lieber?" fragte er. „Wohin denn?"

Awdjejew gab keine Antwort.

„Ich war gerade dabei zu laden. Euer Wohlgeboren," wiederholte der Nebenmann Awdjejews, „als ich ein Zischen hörte, und wie ich hinsehe, hat er das Gewehr auch schon fallen lassen."

„Tss, Tss," schnalzte Poltorazkij mit der Zunge. „Tut's weh, Awdjejew?"

„Das nicht, aber gehen kann ich nicht. Um einen Schluck Branntwein möcht' ich bitten, Euer Wohlgeboren."

Irgend jemand reichte eine Flasche mit Spiritus hin, wie ihn die Soldaten im Kaukasus zu trinken pflegten, und Panow goß mit finsterer Miene einen Becher davon ein, den er Awdjejew reichte. Awdjejew kostete, schob jedoch sogleich den Becher mit der Hand fort.

„Die Seele mag ihn nicht," sagte er, „trink' ihn nur selber."

Panow leerte den Becher. Awdjejew versuchte wiederum, sich zu erheben, sank jedoch von neuem zurück. Die Kameraden breiteten einen Mantel aus und legten Awdjejew darauf nieder.

„Euer Wohlgeboren, der Herr Oberst kommt!" rief der Feldwebel Poltorazkij zu.

„Gut – sieh du hier nach dem Rechten," sagte Poltorazkij, schwang die Peitsche und ritt in scharfem Galopp Woronzow entgegen.

Woronzow kam, von dem Regimentsadjutanten, einem Kosaken und einem tschetschenzischen Dolmetscher gefolgt, auf seinem Fuchshengst, einem echten englischen Vollbluttier, herangeritten.

„Was ist denn bei Ihnen los?" fragte er Poltorazkij.

„Eine Schar von feindlichen Reitern ist drüben aufgetaucht, sie haben die Vorposten angegriffen," antwortete ihm Poltorazkij.

„Und da mußten Sie gleich mit ihnen anbinden!" sagte der Fürst.

„Nicht ich habe angefangen, Fürst," versetzte Poltorazkij lächelnd, „sondern sie selbst."

„Ein Soldat soll verwundet sein, wie ich höre?"

„Ja, schade um ihn. Es ist ein tüchtiger Soldat."

„Ist die Verwundung schwer?"

„Sie scheint schwer zu sein, ein Bauchschuß."

„Und wissen Sie, wohin ich jetzt reite?" fragte Woronzow. „Erraten Sie es nicht? Chadschi Murat ist angekommen, wir werden ihn sogleich treffen."

„Nicht möglich!"

„Gestern hat er einen Boten zu mir geschickt," sagte Woronzow, nur mit Mühe seine Freude verbergend. „Er erwartet mich jedenfalls schon auf der Lichtung.

Lassen Sie die Postenkette bis an die Lichtung vorgehen, und kommen Sie dann zu mir zurück."

„Zu Befehl," sagte Poltorazkij, legte die Hand an die Fellmütze und begab sich zu seiner Kompagnie. Er führte selbst einen Teil der Kette nach rechts hinüber, während er die Besetzung der linken Seite dem Feldwebel übertrug. Der verwundete Awdjejew war inzwischen von den Soldaten nach der Festung gebracht worden. Poltorazkij war bereits wieder zu Woronzow unterwegs, als er in seinem Rücken einen Reitertrupp gewahr wurde, der ihn einzuholen suchte. Er machte halt und erwartete die Herannahenden.

Allen übrigen voran ritt auf einem weißmähnigen Pferde ein Mann von eindrucksvollem Äußeren, mit einem Turban um die Lammfellmütze und mit kostbaren goldverzierten Waffen im Gürtel. Es war kein anderer als Chadschi Murat. Er ritt an Poltorazkij heran und sagte zu ihm irgend etwas auf tatarisch. Poltorazkij zog die Brauen hoch und zuckte lächelnd die Achseln, zum Zeichen, daß er ihn nicht verstehe. Chadschi Murat antwortete gleichfalls mit einem Lächeln, und dieses Lächeln überraschte Poltorazkij durch seine kindliche Gutmütigkeit. Poltorazkij hatte sich den kühnen Anführer der Bergbewohner ganz anders vorgestellt. Er erwartete einen finsteren, trockenen, absonderlichen Menschen zu sehen, und nun erblickte er einen harmlos schlichten Mann vor sich, der so gutmütig lächelte, als sei er sein alter Freund und Vertrauter. Nur eins fiel an seinem Gesichte auf: die weit auseinanderstehenden Augen, die ruhig, durchdringend und aufmerksam in die Augen anderer Leute schauten.

Das Gefolge Chadschi Murats bestand aus vier Männern. Einer dieser Männer war Chan Mahoma – derselbe, der in der Nacht vorher bei Woronzow gewesen war. Er hatte ein rundes, vor Lebensfreude strahlendes, rotwangiges Gesicht, in dem ein Paar lebhafte schwarze Augen blitzten. Dann war da ein breitschultriger, stark behaarter Mensch mit zusammengewachsenen Augenbrauen – der Aware Chanefi, der das Vermögen Chadschi Murats verwaltete. Er führte ein Saumpferd am Zügel, das hoch mit Säcken bepackt war. Der dritte und vierte der Männer, die Chadschi Murats Gefolge bildeten, fielen durch ihr Äußeres ganz besonders auf. Der eine von ihnen, der junge Eldar, war ein schlanker, stattlicher Mensch mit den Augen eines Widders, breit in den Schultern und frauenhaft schmal über den Hüften, mit kaum sichtbarem Bartansatz. Der vierte und letzte war ein Einäugiger ohne Brauen und Wimpern, mit kurzgeschorenem rotem Barte und einer mächtigen Schramme, die ihm quer über die Nase ging; es war der Tschetschenze Hamsalo.

Poltorazkij machte Chadschi Murat auf den Fürsten aufmerksam, der soeben auf den Weg hinausritt. Chadschi Murat ritt auf Woronzow zu, legte, als er ihn erreicht hatte, die rechte Hand auf die Brust, sagte irgend etwas auf tatarisch und hielt dann wie in Erwartung einer Antwort ein. Der Tschetschenze, der mit Woronzow gekommen war, übertrug Chadschi Murats Worte: „Ich übergebe mich hiermit in die Gewalt des russischen Zaren und will ihm dienstbar sein," so lauteten seine Worte. „Ich wollte es schon lange tun, doch hat Schamyl es mir nicht gestattet."

Nachdem Woronzow die Worte des Dolmetschers vernommen hatte, reichte er Chadschi Murat die mit einem gemsledernen Handschuh bekleidete Hand. Chadschi Murat blickte auf diese Hand, zögerte einen Moment, schüttelte sie dann aber kräftig und sagte dabei irgend etwas, wobei er bald den Dolmetscher, bald Woronzow ansah.

„Er sagt, er habe sich keinem andern ergeben wollen, als gerade dir, weil du der Sohn des Sardar bist. Er schätzt dich besonders hoch."

Woronzow nickte mit dem Kopfe, zum Zeichen, daß er ihm für seine Hochachtung dankbar sei. Chadschi Murat sagte dann noch irgend etwas, wobei er auf seine Begleiter zeigte.

„Er sagt, daß auch diese Leute, seine Muriden, ebenso wie er selbst den Russen dienstbar sein werden."

Woronzow ließ seinen Blick über die vier Männer schweifen und nickte ihnen zu.

Chan Mahoma, der Tschetschenze mit den munteren schwarzen Augen, nickte seinerseits Woronzow zu und sagte etwas, das wohl ziemlich lustiger Art sein mochte, da der starkbehaarte Aware Chanefi über das ganze Gesicht dazu lachte, wobei seine blinkend weißen Zähne sichtbar wurden. Der rothaarige Hamsalo warf Woronzow nur einen einzigen Blick aus seinem roten Auge zu und blickte dann wieder starr auf die Ohren seines Pferdes.

Als Woronzow und Chadschi Murat mit ihren Begleitern nun nach der Festung ritten, machten die Soldaten, die nach Auflösung der Vorpostenkette da und dort in Gruppen zusammenstanden, ihre Bemerkungen über den Gast.

„Wie viel Seelen hat er auf dem Gewissen, der Höllenhund! Und jetzt wird er noch obendrein seine schöne Versorgung kriegen, gebt acht!" sagte der eine.

„Das ist wohl möglich. Er war auch Schamyls bester Kommandeur. Jetzt hat er ausgesorgt."

„Ein tüchtiger Bursche ist er schon, dagegen ist nichts zu sagen. Ein richtiger Dschigit!"

„Und der Rothaarige – habt ihr gesehen, wie der scheel geguckt hat? Wie ein Raubtier!“

„Das muß ein böser Hund sein!“

Hamsalo, der Rothaarige, war ihnen ganz besonders aufgefallen.

Dort, wo das Holz gefällt wurde, kamen die Soldaten, die näher am Wege waren, rasch herbeigelaufen, um sich den seltsamen Zug anzusehen. Der Adjutant schrie sie an, doch Woronzow wehrte ihm.

„Mögen sie sich ihren alten Bekannten doch ansehen,“ meinte er. „Weißt du, wer der Mann da ist?“ fragte Woronzow, die Worte langsam mit seinem englischen Akzent herausbringend, den ihm zunächst stehenden Soldaten.

„Nein, Ew. Exzellenz.“

„Chadschi Murat ist es. Hast du von ihm gehört?“

„Gewiß doch, Ew. Durchlaucht, wir haben ihn oft genug verhauen.“

„Ihr habt aber auch euer Teil von ihm bekommen!“

„Das stimmt wohl, Ew. Durchlaucht,“ antwortete der Soldat, ganz stolz darauf, daß er mit dem hohen Vorgesetzten hatte sprechen dürfen.

Chadschi Murat begriff, daß von ihm gesprochen wurde, und ein heiteres Lächeln leuchtete in seinen Augen. Woronzow kehrte in der heitersten Gemütsverfassung in die Festung zurück.

Sechstes Kapitel

Woronzow war recht zufrieden damit, daß er, gerade er, das Glück gehabt hatte, diesen Erzfeind Rußlands, der nach Schamyl der mächtigste Mann in diesen Landen war, aus den Bergen herauszulocken und zu empfangen. Nur eins war dabei unangenehm: Der Oberbefehl über die Truppen in Wosdwischenskoje lag in den Händen des Generals Meller Sakomelskij, und die ganze Angelegenheit gehörte eigentlich in dessen Ressort. Woronzow hatte auf eigene Faust gehandelt, ohne ihm Meldung zu machen. Es konnte also leicht Unannehmlichkeiten geben. Dieser Gedanke verbitterte ihm ein wenig die Freude über seinen Erfolg.

Als der Fürst mit seinem Gefolge und den Gästen vor seinem Hause angelangt war, übergab er die Muriden Chadschi Murats der Obhut des Regimentsadjutanten, während er Chadschi Murat selbst in sein Haus geleitete.

Die Fürstin Maria Wassiljewna hatte ihr Staatskleid angelegt und erwartete mit ihrem sechsjährigen Sohne, einem hübschen lockenhaarigen Bürschchen,

Chadschi Murat in ihrem Salon. Lächelnd empfing sie den Gast, der, die Arme über der Brust kreuzend, vor ihr stand. Chadschi Murat ließ ihr durch den Dolmetscher, der mit ihm gekommen war, in feierlicher Weise erklären, er betrachte sich für einen Freund des Fürsten, da dieser ihn in sein Haus aufgenommen habe, und die Familienmitglieder des Freundes seien ihm gleich teuer wie der Freund selbst. Chadschi Murats Äußeres sowohl wie sein Benehmen gefielen Maria Wassiljewna. Daß er verlegen ward und errötete, als sie ihm ihre große weiße Hand reichte, nahm sie nur noch mehr für ihn ein. Sie ersuchte ihn, Platz zu nehmen, fragte ihn, ob er Kaffee trinke, und ließ, bevor er geantwortet hatte, welchen kommen. Man brachte den Kaffee, doch Chadschi Murat trank nicht. Er verstand ein wenig Russisch, konnte diese Sprache jedoch nicht selbst sprechen, und wenn er etwas nicht verstand, lächelte er kindlich verlegen. Und dieses Lächeln gefiel Maria Wassiljewna ebensosehr, wie es Poltorazkij gefallen hatte. Das lockenhaarige Söhnchen der Fürstin, dem diese den Kosenamen Buljka gegeben hatte, stand neben der Mutter und verwandte keinen Blick von Chadschi Murat, der ihm stets als ein Krieger von seltener Tapferkeit geschildert worden war.

Woronzow ließ Chadschi Murat bei seiner Frau und begab sich nach der Kanzlei, um den vorgesetzten Stellen von der Ankunft Chadschi Murats Meldung zu machen. Er verfaßte einen Bericht an General Koslowskij, den in Grosnaja stationierten Befehlshaber des linken Flügels der kaukasischen Armee, und schrieb einen Brief an seinen Vater. Dann eilte er rasch nach Hause, in der Befürchtung, seine Frau könnte darüber ungehalten sein, daß er ihr diesen wildfremden, gefährlichen Menschen auf dem Halse gelassen, der einerseits nicht verletzt, andererseits wieder nicht gar zu freundlich behandelt werden durfte. Seine Furcht war jedoch grundlos gewesen. Chadschi Murat saß noch immer auf seinem Platze, hielt den kleinen Buljka, den Stiefsohn Woronzows, auf dem Schoße und hörte, den Kopf vorwiegend, mit Aufmerksamkeit auf den Dolmetscher, der ihm die Worte der lächelnden Fürstin übersetzte. Maria Wassiljewna hatte ihm soeben sagen lassen, er solle doch nicht jedes Stück seines Besitztums, das irgendeinem Freunde gefiel, gleich so ohne weiteres weggeben, sonst würde er bald so nackt wie Adam umhergehen.

Als der Fürst eintrat, nahm Chadschi Murat sogleich den darob sehr erstaunten und beleidigten Buljka vom Schoße und richtete sich empor, wobei der sorglos launige Ausdruck seines Gesichtes verschwand und eine ernste, strenge Miene an dessen Stelle trat. Er setzte sich erst wieder, als auch Woronzow Platz genommen hatte. Er nahm den Faden des Gespräches mit

Maria Wassiljewna wieder auf und erklärte ihr, es bestehe bei ihnen ein solches Gesetz, daß alles, was einem Freunde gefalle, ihm auch hingegeben werden müsse.

„Dein Sohn sehr lieb, guter Freund," sagte er auf Russisch, wählend seine Hand das Lockenhaar Buljkas streichelte, der sich ihm wieder auf den Schoß gesetzt hatte.

„Er ist ein ganz prächtiger Mensch, dein Räuberhauptmann," bemerkte die Fürstin auf Französisch zu ihrem Gatten. "Buljka fand Gefallen an seinem Dolche, und er machte ihm das kostbare Stück sogleich zum Geschenk."

Buljka zeigte dem Stiefvater den Dolch.

„Eine sehr wertvolle Waffe," sagte Woronzow, gleichfalls auf Französisch. „Ich muß Gelegenheit finden, ihm ein Gegengeschenk zu machen."

Chadschi Murat saß mit gesenktem Blicke da, streichelte immer wieder den Kopf des Knaben und murmelte dabei: „Dschigit, Dschigit!"

„Wirklich ein sehr schöner Dolch," sagte Woronzow und zog die scharf geschliffene, damaszierte Klinge mit der Rinne in der Mitte halb aus der Scheide. „Bedank dich nur dafür!" sprach er zu dem Kleinen, und zum Dolmetscher gewandt, sagte er: „Frag' ihn, womit ich ihm dienen kann."

Der Dolmetscher übersetzte seine Worte, und Chadschi Murat antwortete, daß er keine Wünsche habe, und nur darum bitte er, daß man ihm jetzt die Möglichkeit geben möchte, sein Gebet zu verrichten. Woronzow rief den Kammerdiener und befahl ihm, Chadschi Murat in ein Zimmer zu führen, in dem er ungestört beten könnte.

Als Chadschi Murat allein war, verwandelte sich sogleich der Ausdruck seines Gesichtes: an die Stelle der zufriedenen, zuvorkommend-feierlichen Miene, die es vorher gehabt hatte, trat ein Zug von tiefer Besorgnis.

Der Empfang, den ihm Woronzow bereitet, war weit besser, als er erwartet hatte. Aber je entgegenkommender dieser Empfang war, desto weniger traute Chadschi Murat Woronzow und seinen Offizieren. Er hatte alle möglichen Befürchtungen: daß man ihn einkerkern, ihn fesseln und nach Sibirien verschicken oder einfach töten würde, und er glaubte darum nicht vorsichtig genug sein zu können

Er fragte Eldar, der ihn aufsuchte, wo die Muriden untergebracht seien, wo sich die Pferde befänden, und ob man ihnen die Waffen abgenommen habe.

Eldar antwortete, die Pferde ständen im fürstlichen Marstall, und die Leute befänden sich in einem Schuppen, die Waffen habe man ihnen belassen, und für ihre Bewirtung mit Speise und Trank habe der Dolmetscher Sorge getragen.

Chadschi Murat schüttelte, während er seine Vorbereitungen zum Gebet traf, verwundert den Kopf. Nachdem er gebetet hatte, ließ er sich einen silbernen Dolch bringen, kleidete sich an, umgürtete sich und hockte in Erwartung der Dinge, die da kommen würden, auf dem niedrigen Diwan, der sich in dem Zimmer befand, nieder.

Es war in der fünften Stunde, als er zur Tafel beim Fürsten gerufen wurde.

Beim Mittagessen nahm Chadschi Murat nur etwas von einer Reisspeise, und zwar genau an derselben Stelle, an der auch die Fürstin sich bedient hatte.

„Er fürchtet, daß wir ihn vergiften könnten," sagte die Fürstin zu ihrem Gatten. „Er hat von derselben Stelle genommen wie ich."

Nach Tisch ließ sie Chadschi Murat durch den Dolmetscher fragen, wann er wieder beten würde. Chadschi Murat hob fünf Finger in die Höhe und zeigte nach der Sonne.

„Es ist bald so weit", sagte Woronzow, zog seine kunstvoll gearbeitete Breguersche Taschenuhr hervor und drückte an einer Feder. Das Uhrwerk schlug drei Viertel auf fünf. Chadschi Murat hörte mit Staunen die feinen, klingenden Töne, er bat, die Uhr genauer betrachten und das Schlagwerk noch einmal vernehmen zu dürfen.

„Das scheint mir ein passendes Gegengeschenk für ihn, gib ihm die Uhr," sagte die Fürstin auf Französisch zu ihrem Gatten.

Woronzow bot die Uhr sogleich Chadschi Murat an. Dieser kreuzte die Arme über seiner Brust und nahm die Uhr entgegen. Er setzte das Schlagwerk noch einige Male in Bewegung, lauschte auf den Klang der Uhr und nickte beifällig mit dem Kopfe.

Nach dem Mittagessen wurde dem Fürsten der Adjutant des Generals Meller Sakomelskij gemeldet. Der Adjutant hatte dem Fürsten auszurichten, daß der General, der inzwischen von der Ankunft Chadschi Murats gehört hatte, höchst ungehalten darüber sei, daß ihm davon keine Meldung gemacht worden. Er verlange nun, daß Chadschi Murat ihm sogleich übergeben würde. Woronzow entgegnete, der Befehl des Generale würde erfüllt werden, ließ Chadschi Murat durch den Dolmetscher den Wunsch des Generals übermitteln und bat ihn, mit ihm zusammen zu Meller zu gehen.

Als die Fürstin hörte, weshalb der Adjutant gekommen sei, begriff sie sogleich, daß zwischen ihrem Gatten und dem General leicht Mißhelligkeiten entstehen konnten, und so beschloß sie, trotz aller Einwendungen des Fürsten, mit ihm und Chadschi Murat zusammen zum General zu gehen.

„Es ist besser, du bleibst hier – die Sache geht mich ganz allein an," meinte Woronzow.

„Du kannst mich nicht hindern, der Frau Generalin einen Besuch abzustatten," gab sie zur Antwort.

„Dazu ist jede andere Zeit ebenso gut geeignet."

„Und ich will gerade jetzt hingehen."

Er mußte sie gewähren lassen, und so begaben sie sich zu dreien nach der Wohnung des Generals.

Als sie dort ankamen, geleitete Meller die Fürstin halb mürrisch, halb ehrerbietig nach dem Zimmer seiner Frau, während er Chadschi Murat durch den Adjutanten nach dem Empfangszimmer führen ließ, das er bis auf weiteres nicht verlassen sollte.

„Ich bitte," sagte er, nachdem er die Damen zusammengebracht, zu Woronzow und öffnete die Tür seines Kabinetts, in das er mit dem Fürsten eintrat.

Ohne den Fürsten zum Sitzen einzuladen, trat er mit finsterer Miene vor ihn hin und begann:

„Ich führe hier das Kommando und habe daher alle Unterhandlungen mit dem Feinde zu führen. Warum haben Sie mir die Ankunft Chadschi Murats nicht gemeldet?"

„Chadschi Murat sandte einen Boten zu mir, mit der Ankündigung, daß er sich mir persönlich ergeben wolle," antwortete Woronzow, ganz bleich vor Erregung. Er war auf einen heftigen Ausfall des ergrimmten Generals gefaßt, dessen zornige Erregung in ihm das gleiche Gefühl wachrief.

„Ich frage, warum Sie mir keine Meldung erstattet haben?"

„Ich hatte die Absicht, es zu tun, Baron, indes . . ."

„Ich bin für Sie nicht der Baron, sondern die Exzellenz," platzte der General heraus, und sein ganzer, lange zurückgehaltener Ärger kam alsbald zum Durchbruch. Alle Unzufriedenheit, die sich in seiner Seele angesammelt hatte, drang mit Gewalt an die Oberfläche. „Habe ich meinem Kaiser", fuhr er fort, „vielleicht darum siebenundzwanzig Jahre lang treu gedient, daß mir nun junge Leute von gestern, die sich auf ihre verwandtschaftlichen Beziehungen etwas zugute tun, in meine Dienstangelegenheiten hineinpfuschen?"

„Exzellenz, ich bitte Sie, solche ungerechte Anschuldigungen zu unterlassen," unterbrach ihn Woronzow.

„Es ist nur die Wahrheit, was ich sage, und ich lasse mir das nicht länger gefallen," versetzte der General, der immer erregter wurde.

In diesem Augenblick rauschte Maria Wassiljewna ins Zimmer, und hinter ihr her kam eine ältliche Dame von kleinem Wuchse und bescheidenem Aussehen herein – es war die Gattin Meller Sakomelskijs.

„Nun, lassen Sie schon gut sein, Baron – Simon hat nicht einen Augenblick daran gedacht, Ihnen irgendwelche Unannehmlichkeiten zu bereiten," sagte Maria Wassiljewna.

„Das habe ich auch nicht behauptet, Fürstin . . ."

„Seien wir friedlich, General! Sie wissen: besser ein magerer Friede als ein fetter Streit. Das ist wenigstens meine Meinung", versetzte sie lächelnd.

Der ergrimmte Krieger vermochte dem bezaubernden Lächeln der schönen Frau nicht zu widerstehen. Unter seinem mächtigen Schnurrbart zuckte gleichfalls ein Lächeln.

„Ich gebe zu, daß ich nicht richtig gehandelt habe," sagte Woronzow, „indes . . ."

„Na, und ich habe mich hinreißen lassen", versetzte Meller und reichte dem Fürsten die Hand.

Der Friede war wiederhergestellt, und es ward beschlossen, daß Chadschi Murat einige Zeit unter Mellers Obhut bleiben und dann dem Befehlshaber des linken Flügels, General Koslowskij, übergeben werden sollte. Chadschi Murat hatte, während die beiden Offiziere miteinander stritten, im anstoßenden Empfangszimmer gesessen, und wenn er auch nicht verstand, was gesprochen wurde, so begriff er doch so viel, daß der Streit sich um seine Person drehte, daß sein Abfall von Schamyl für die Russen von großer Bedeutung war, und daß er, wenn sie ihn nicht verschickten oder töteten, für seinen Übertritt einen hohen Preis fordern könne. Er hatte auch begriffen, daß Meller Sakomelskij, obschon er den höheren Rang bekleidete, doch nicht den gleichen Einfluß wie der ihm untergebene Woronzow besaß, daß er sich daher an Woronzow und nicht an Meller Sakomelskij zu halten habe. Als nun Meller Sakomelskij Chadschi Murat vor sich beschied und ihn über seine Absichten und Pläne befragte, nahm Chadschi Murat eine feierlich stolze Haltung an und sagte, er sei aus den Bergen niedergestiegen, um dem weißen Zaren zu dienen, und werde alles Weitere mit dem „Sardar", dem Oberstkommandierenden Fürsten Woronzow in Tiflis, verabreden.

Siebentes Kapitel

Die Kameraden hatten den verwundeten Awdjejew nach dem Lazarett gebracht, das in einem kleinen, mit Brettern gedeckten Hause am Eingang der Festung lag. Sie hatten ihn dort in dem gemeinsamen Krankensaal auf eins der freien Betten gelegt. In dem Saale befanden sich vier Kranke; einer von ihnen litt am Typhus und hatte ein glühend rotes Gesicht, ein zweiter war bleich, hatte dunkle Ringe um die Augen und gähnte beständig in Erwartung eines Fieberanfalles, und die beiden letzten waren bei einem drei Wochen vorher stattgehabten Überfall blessiert worden; der eine hatte einen Schuß durchs Handgelenk bekommen und ging umher, während der andere, im Rücken verwundet, auf seinem Bett saß. Alle, bis auf den Typhuskranken, umringten den neu Hereingebrachten und fragten die Träger aus.

„Manchmal kommen die Kugeln so dicht, als wenn Erbsen gesät würden, und keiner wird getroffen, und diesmal sind höchstens fünf Schüsse gefallen, und da hatte er auch schon was weg", erzählte einer der Soldaten, die Awdjejew gebracht hatten.

„Wem's eben beschieden ist . . ."

„Oh, oh!" ächzte Awdjejew, obschon er den Schmerz zu verbeißen suchte, laut auf, als er auf das Bett gelegt wurde. Sobald er niedergelegt war, zog er die Brauen finster zusammen und stöhnte nicht mehr, nur seine Fußsohlen zuckten beständig. Er hielt die Hände auf der Wunde und blickte starr vor sich hin. Der Arzt kam und ließ den Kranken umwenden, um zu sehen, ob die Kugel nicht am Rücken herausgekommen sei.

„Was ist denn das da?" fragte der Arzt und zeigte auf eine Anzahl langer weißer Narbenstreifen, die sich kreuzend über den Rücken und das Gesäß des Verwundeten hinliefen.

„Das ist von früher, Euer Hochwohlgeboren", brachte Awdjejew mühsam hervor.

Es waren die Narben, die von der Spießrutenstrafe herrührten, der er damals, als er das Geld vertrunken hatte, unterzogen worden war.

Awdjejew wurde wieder auf den Rücken gelegt, und der Arzt stocherte eine ganze Weile mit der Sonde in seinem Leibe herum, bis er die Kugel endlich gefunden hatte. Doch wagte er nicht, sie herauszuholen, sondern begnügte sich damit, die Wunde zu verbinden und ein Pflaster darauf zu legen, worauf er sich entfernte.

Während die Wunde untersucht und verbunden worden war, hatte Awdjejew mit aufeinandergepreßten Zähnen und geschlossenen Augen dagelegen. Als der Arzt sich entfernt hatte, öffnete der Verwundete die Augen und blickte erstaunt um sich. Seine Blicke waren auf die Kranken und den Feldscher gerichtet, doch schien er sie nicht zu sehen, sondern auf etwas anderes, das ihn in Erstaunen setzte, zu schauen.

Der Unteroffizier Panow kam mit einem zweiten Kameraden namens Seregin, um nach ihm zu sehen. Awdjejew blieb liegen, ohne sich zu rühren, und schaute nur immer voll Erstaunen vor sich hin. Seine Augen waren zwar auf die Kameraden gerichtet, doch konnte er sie lange nicht erkennen.

„Willst du nicht eine Nachricht nach Hause schicken, Petra?“ fragte ihn Panow.

Awdjejew sah ihn an, ohne zu antworten.

„Ich frage dich, ob du nicht die Deinigen benachrichtigen willst“, fragte Panow noch einmal und berührte seine kalte, knochige Hand.

Da erst schien Awdjejew zum Bewußtsein zu erwachen.

„Du bist es . . ., Antonytsch?“ fragte er mit matter Stimme.

„Ja. Ich wollte dich fragen, ob du nicht den Deinigen eine Nachricht schicken möchtest. Seregin wird den Brief schreiben.“

„Du wirst schreiben . . . Seregin . . .“ sagte Awdjejew, während er seine Augen mühsam nach Seregin wandte. „Schreib so: ›Euer Sohn Petrucha . . . wünscht Euch . . . langes Leben.‹ Ich hab' den Bruder . . . beneidet . . . hab's dir ja gesagt . . . Und jetzt bin ich froh . . . er lebt . . . und mag weiter leben. Gott segne ihn, ich bin froh. Schreib das.“

Dann schwieg er eine ganze Weile und sah Panow an.

„Hast du . . . den Pfeifenkopf gefunden?“ fragte er plötzlich.

Panow antwortete nicht sogleich.

„Den Pfeifenkopf, den Pfeifenkopf, sag' ich . . ., hast du den gefunden?“ wiederholte Awdjejew.

„Ja, er war in meinem Quersack.“

„So, so . . . Nun, jetzt reicht mir eine Kerze . . ., ich werde gleich sterben“, sagte Awdjejew.

In diesem Augenblick trat Poltorazkij in den Krankensaal, um nach seinem Soldaten zu sehen.

„Nun, Bruder, wie geht es dir? Nicht zum besten?“ begann er.

Awdjejew schloß die Augen und schüttelte den Kopf. Sein knochiges Gesicht war bleich und hatte einen strengen Ausdruck.

Er antwortete nicht auf die Frage des Vorgesetzten, sondern wiederholte nochmals, zu Panow gewandt:

„Gib mir . . . eine Kerze, ich werde sterben."

Man gab ihm eine brennende Kerze in die Hand, doch seine Finger schlossen sich nicht mehr, man mußte ihm die brennende Kerze zwischen die Finger schieben und sie da festhalten. Poltorazkij ging hinaus, und fünf Minuten später legte der Feldscher das Ohr an Awdjejews Herz und erklärte, daß er tot sei.

In dem Berichte, der über die Affäre an den Oberstkommandierenden nach Tiflis gesandt wurde, ward auch Awdjejews Tod erwähnt. Die betreffende Stelle lautete:

„Am 23. November verließ die zweite Kompagnie des Kurinischen Regiments die Festung, um im Walde Holz zu schlagen. Am hellichten Tage griff plötzlich eine ansehnliche Schar von Bergbewohnern die bei der Arbeit befindlichen Soldaten an. Die Vorposten zogen sich zurück, worauf die zweite Kompagnie den Feind mit dem Bajonett angriff und zurückschlug. Diesseits wurden zwei Soldaten leicht verwundet und einer getötet. Die Bergbewohner verloren gegen hundert Mann an Toten und Verwundeten."

Achtes Kapitel

An demselben Tage, an dem Petrucha Awdjejew im Lazarett der Festung Wosdwischenskoje sein Leben aushauchte, droschen sein alter Vater, die Frau seines Bruders, in dessen Vertretung Petrucha Soldat geworden, und die älteste Tochter des Bruders, die nun bereits heiratsfähig war, auf der offenen Tenne der Scheune den Hafer. Am Abend vorher war tiefer Schnee gefallen, und am Morgen hatte es tüchtig gefroren. Der Alte war bereits beim dritten Hahnenschrei erwacht. Als er den hellen Mondschein durch das gefrorene Fenster schimmern sah, kroch er vom Ofen hinunter, zog seine Stiefel und den Pelz an, setzte die Mütze auf und ging nach der Tenne. Nachdem er dort zwei Stunden lang gearbeitet hatte, kehrte er ins Haus zurück und weckte seinen Sohn und die Frauen. Wie diese auf die Tenne kamen, fanden sie den zum Dreschen bestimmten Platz bereits vom Schnee gereinigt vor. Die hölzerne Schaufel war in die weiße, immer höher steigende Schneedecke gesteckt, der Besen stand mit den Reisern nach oben gekehrt daneben, und die aufgelösten Haferbunde waren in zwei langen Reihen mit den Ähren nach innen auf der sauberen Tenne hingebreitet. Sie nahmen die Dreschflegel zur Hand und begannen im regelmäßigen Dreitakt drauflos zu dreschen. Der Alte schlug mit dem schwersten der Dreschflegel wuchtig zu, daß das Stroh unter seinen Schlägen mürbe ward; das junge Mädchen führte von oben her zierliche, leichte Schläge, während die Schwiegertochter ihren Dreschflegel kräftig niederfallen ließ.

Der Mond war untergegangen, der Tag brach bereits an, und die Dreschenden waren schon fast durch die ganze Reihe hindurch, als Akim, der ältere Sohn, in Pelzjacke und Mütze nach der Tenne kam.

„Hast wieder mal gefaulenzt", herrschte der Vater, im Dreschen innehaltend und sich auf den Dreschflegel stützend, ihn an.

„Die Pferde müssen doch besorgt werden", versetzte Akim.

„Die Pferde müssen besorgt werden!" wiederholte der Alte in höhnischem Tone. „Überlaß das nur der Mutter! Nimm den Dreschflegel zur Hand! Hast schon viel zu viel Fett angesetzt, alter Trunkenbold."

„Dein Geld habe ich noch nicht vertrunken", brummte der Sohn vor sich hin.

„Was redest du?" fragte der Alte in drohendem Tone, während er einen Takt im Dreschen ausließ.

Der Sohn nahm schweigend den Dreschflegel, und die Arbeit ging nun im Viertakt – trap tapa tap, trap tapa tap – weiter. „Trap", fiel jedesmal nach drei leichteren Schlägen der schwere Schlag des Alten.

„Einen Nacken hat er, so dick und fett wie ein Herr. Und mir fallen die Hosen vom Leibe!" sagte der Alte, indem er wieder einen Schlag ausließ und den Dreschflegel, um nicht aus dem Takt zu kommen, wenigstens durch die Luft schwang.

Die Reihe war durch, und die Frauen griffen nach den Rechen und harkten das Stroh zusammen.

„Ein Narr war der Petrucha, daß er statt deiner Soldat wurde. Dir hätten sie dort wenigstens deine Dummheit herausgeprügelt, und er hätte hier fünf solche, wie du bist, ersetzt."

„Na, laß schon gut sein, Väterchen", sagte die Schwiegertochter in beschwichtigendem Tone.

„Sechs Köpfe seid ihr nun, und alle wollen gefüttert sein, und keins taugt zur Arbeit. Petrucha, ja – der hat mir für zwei gearbeitet . . ."

Auf dem durch den Schnee gebahnten, kaum sichtbaren Fußwege kam die Alte über den Hof. Sie hatte die Füße dicht mit wollenen Fußlappen umwickelt und in neue Bastschuhe gesteckt, die auf dem Schnee knirschten. Die beiden Männer schütteten den noch mit der Spreu vermengten Hafer zu einem Haufen auf, während die Frauen die Tenne rein fegten.

„Der Dorfvogt war da“, sagte die Alte, „alle Männer sollen zum Spanndienst antreten, Ziegelsteine sollt ihr anfahren. Kommt, das Frühstück ist fertig.“

„Schön. Spann' den Rotschimmel an und mach' dich auf den Weg“, sagte der Alte zu Akim. „Und sorg' mir dafür, daß ich nicht wieder deinetwegen Ärger habe, wie neulich. Nimm dir den Petrucha zum Vorbild.“

„Wie Petrucha zu Hause war, hat er die Schelte bekommen“, sagte Akim mürrisch, als der Alte gegangen war. „Und weil Petrucha jetzt nicht da ist, beißt er auf mich los.“

„Du verdienst es nicht besser“, sagte die Mutter vorwurfsvoll. „Da war der Petrucha doch ein anderer Mensch.“

„Ja doch, ja! Schon gut!“ brummte der Sohn.

„›Schon gut!‹ sagst du? Hast du vielleicht das Mehl nicht vertrunken? Und jetzt sagst du noch ›schon gut‹?“

„Rühr' doch nicht immer in dem alten Schmutz herum“, sagte die Schwiegertochter.

Der Zwist zwischen dem Vater und dem Sohne bestand schon lange – bald, nachdem Peter Soldat geworden, hatte er begonnen. Damals schon war der Alte dahintergekommen, daß er einen Kuckuck gegen einen Falken eingetauscht hatte. Wohl hatte es nach seiner Meinung dem Gesetz entsprochen, daß der jüngere, kinderlose Bruder für den älteren, der eine Familie hatte, eintrat. Akim hatte vier Kinder, Peter dagegen noch keins. Dafür war Peter ein tüchtiger Arbeiter, ganz so wie der Alte: flink und gewandt, kräftig und ausdauernd, und er war vor allem mit Lust und Liebe bei der Sache. Nie war er ohne Arbeit. Sah er irgendwo jemanden arbeiten, dann mußte er, ganz so wie der Alte, gleich mit zugreifen – nahm die Sense und mähte ein Beet herunter, lud einen Wagen voll, sägte einen Baum nieder oder zerkleinerte einen Holzhaufen. Mit schwerem Herzen sah der Alte ihn ziehen, doch war eben nichts zu machen. Der Soldatendienst war wie der Tod. Wer Soldat wurde, war so gut wie verloren für die Seinen, es war zwecklos, seiner zu gedenken und ihm nachzuweinen. Nur selten, wenn er einmal dem älteren Sohne ein Beispiel vorhalten wollte, gedachte der Alte des Peter. Die Mutter dagegen sprach öfter von ihm und lag dem Alten schon lange, fast zwei Jahre lang schon, in den Ohren, er möchte Petrucha doch etwas Geld schicken. Aber der Alte hatte immer nur geschwiegen, wenn sie davon anfing.

Der Hof der Kurenkows galt als reich, und der Alte hatte Geld zurückgelegt, doch hätte er um nichts in der Welt seine Ersparnisse angerührt. Als sie nun den Namen des jüngeren Sohnes so oft aus seinem Munde vernahm, entschloß sie sich, ihn zu bitten, er möchte doch, sobald er den Hafer verkauft hätte, dem Sohne wenigstens ein Rubelchen schicken. Und sie brachte ihren Gedanken zur Ausführung: als das junge Volk zur Hofarbeit gegangen war und sie mit dem Alten allein blieb, überredete sie ihn, von dem für den Hafer vereinnahmten Gelde einen Rubel an Petrucha zu schicken. Zwölf Scheffel von dem Hafer wurden, nachdem er geworfelt war, in Säcke gefüllt und auf drei Schlitten verteilt, um zum Verkauf nach der Stadt gebracht zu werden. Vom Küster hatte die Mutter einen Brief an Petrucha aufsetzen lassen, den gab sie jetzt dem Alten mit, der den Hafer selbst nach der Stadt bringen wollte. Er versprach ihr, einen Rubelschein einzulegen und den Brief von der Stadt aus an den Sohn zu senden. Er legte den Brief in seinen Beutel, verrichtete sein Gebet, zog den neuen Pelz und den Kaftan drüber an und nahm auf dem vordersten Schlitten Platz, um nach der Stadt zu fahren. Auf dem letzten Schlitten saß sein Enkel. In der Stadt ließ er sich vom Hauswart den Brief vorlesen und hörte aufmerksam, mit beifälligem Kopfnicken, zu.

In dem Briefe sandte Petruchas Mutter ihrem Sohne zunächst ihre Segenswünsche, dann die besten Grüße von allen, gab ihm Nachricht vom Tode seines Taufpaten und teilte ihm zum Schluß mit, daß Axinia, seine Frau, nicht bei ihnen habe bleiben wollen, sondern bei fremden Leuten lebe. Sie betrage sich, wie man höre, ehrbar und anständig. Sie erwähnte, daß der Vater dem Briefe einen Rubel beilege, und zu guter Letzt hatte sie dem Küster noch unter Tränen aufgetragen, ihren eigenen tiefen Kummer und Schmerz in recht rührenden Worten zum Ausdruck zu bringen.

„Glaube mir, mein inniggeliebter Sohn, mein Herzensjunge Petrucha, daß ich mir aus Sehnsucht nach Dir, weiß Gott, schon die Augen ausgeweint habe. Mein liebes, gutes Kind, warum hast Du mich nur verlassen? . . .“ An dieser Stelle war die Alte in Tränen und Wehklagen ausgebrochen und hatte zum Küster gesagt: „Damit ist's genug“ – und mit diesen Worten hatte der Küster den Brief auch geschlossen.

Aber Petrucha sollte weder die Nachricht, daß seine Frau aus dem Hause gegangen, noch den väterlichen Rubel, noch die letzten Grüße seiner Mutter erhalten. Der Brief kam mit dem Gelde und der Mitteilung zurück, daß Petrucha im Kriege als Verteidiger des Zaren, des Vaterlandes und des rechten russischen Glaubens gefallen sei.

Als Petruchas alte Mutter den Brief erhielt, weinte sie eine Zeit lang und ging dann wieder an die Arbeit. Am Sonntag darauf ging sie zur Kirche, bestellte eine Totenmesse für den Gefallenen, ließ Peter in das Verzeichnis der Toten, für die regelmäßig in der Kirche gebetet wurde, eintragen und verteilte Hostienbrot unter die frommen Leute, damit sie „des Knechtes Gottes Peter im Gebet gedächten."

Auch Axinia, die Soldatenfrau, weinte eine Zeit lang, als sie vom Tode ihres geliebten Mannes erfuhr, mit dem sie nur ein Jahr zusammengelebt hatte. Es tat ihr leid um ihren Mann und um sein früh vernichtetes Leben, und in ihrem Wehklagen sprach sie von Peters blonden Locken, von seiner Liebe, von dem bitteren Los, das nun ihr und ihrem kleinen verwaisten Wanjka, der inzwischen zur Welt gekommen war, bevorstehe, und sie jammerte ganz herzzerreißend darüber, daß Petrucha für seinen Bruder mehr Liebe empfunden habe als für sie, die nun ihr Leben unter fremden Menschen schutz- und hilflos verbringen müsse.

Im Grunde ihrer Seele aber war Axinia ganz froh über Peters Tod. Sie erwartete ein zweites Kind von einem Markthelfer, mit dem sie zusammenlebte, und nun durfte ihr niemand mehr Vorwürfe machen, der Markthelfer aber konnte sie heiraten, wie er ihr versprochen hatte, als sie seine Geliebte geworden war.

Neuntes Kapitel

Michail Semjonowitsch Woronzow war der Sohn des russischen Gesandten in London und hatte in England seine Erziehung erhalten. Unter den russischen hohen Beamten seiner Zeit zeichnete er sich vorteilhaft durch eine umfassende europäische Bildung aus, war ein Mann von großem Ehrgeiz, freundlich und umgänglich im Verkehr mit Tieferstehenden und ein gewandter Höfling im Umgang mit Höhergestellten. Er konnte sich das Leben ohne Macht und Gewalt auf der einen und dienstwillige Unterordnung auf der anderen Seite nicht vorstellen. Er besaß alle erdenklichen hohen Würden und Orden, galt als ein ausgezeichneter Soldat und hatte sogar die Truppen Napoleons bei Craonne geschlagen. Er war im Jahre 1852 bereits hoher Siebziger, doch war er körperlich noch durchaus rüstig, hatte einen kräftigen, elastischen Gang und war vor allem noch immer der kluge, feine Kopf, der sich in seiner einflußreichen Stellung zu halten und seine Popularität zu bewahren wußte. Er war selbst sehr reich, hatte eine reiche Frau – sie stammte aus dem gräflichen Hause Branicki – und besaß als Statthalter von Kaukasien große Einkünfte. Einen beträchtlichen Teil seines Einkommens verwandte er für die Erhaltung seines Palais in Tiflis und des herrlichen Parkes, den er am Südufer der Krim angelegt hatte. –

Am Abend des 4. Dezember 1852 hielt vor seinem Palais ein mit drei Pferden bespannter Kurierpostwagen. Der von der Reise ermüdete, ganz mit Staub bedeckte Offizier, der dem Statthalter die Meldung des Generals Koslowskij, die Nachricht vom Übertritt Chadschi Murats zu den Russen, überbrachte, stieg, die steif gewordenen Beine kräftig streckend, an den Wachen vorüber die Freitreppe des Statthalterpalais hinan. Es war gegen sechs Uhr abends, und Woronzow war soeben im Begriff, zu Tisch zu gehen, als ihm die Ankunft des Kuriers gemeldet wurde. Woronzow empfing diesen sogleich und kam daher einige Minuten zu spät zum Diner. Als er den Salon betrat, wandten die etwa dreißig geladenen Tischgäste, die teils um die Fürstin Jelisaweta Xaverjewna herumsaßen, teils da und dort zu Gruppen zusammengetreten waren, sich sogleich dem Eintretenden zu. Woronzow trug seine gewöhnliche dunkle Uniform, die keine Epauletten, sondern nur einfache Achselschnüre und als Ordenszier nur ein einziges weißes Kreuz am Halse aufwies. Sein glattrasiertes Fuchsgesicht lächelte verbindlich, während die leicht zusammengekniffenen Augen die Anwesenden musterten. Mit raschen, weichen Schritten trat er ein, entschuldigte sich bei den Damen, daß er zu spät gekommen, begrüßte die Herren, trat auf die grusinische Fürstin Manania Orbeliani, eine etwa fünfundvierzigjährige, üppige, hochgewachsene Schöne von orientalischem Typus, zu und reichte ihr den Arm, um sie zu Tisch zu führen. Die Fürstin Jelisaweta Xaverjewna selbst nahm den Arm eines außerhalb in Garnison liegenden, rothaarigen Generals mit aufgezwirbeltem Schnurrbart. Der Fürst von Grusinien reichte seinen Arm der Gräfin Choiseul, einer intimen Freundin der Fürstin. Der Hausarzt, Andrejewskij, die Adjutanten und die übrigen Herren folgten teils mit, teils ohne Damen den beiden Paaren. Die mit langen Livreeröcken, Strümpfen und Schnallenschuhen aufgeputzten Lakaien waren den Gästen beim Niedersetzen behilflich, während der Haushofmeister mit feierlicher Miene die dampfende Suppe aus der silbernen Terrine auf die Teller goß.

Woronzow nahm mitten an der langen Tafel Platz. Ihm gegenüber saß die Fürstin, seine Gemahlin, mit dem General, während die schöne Orbeliani zu seiner Rechten und eine schlanke, junge Grusinierin aus fürstlichem Geschlecht, dunkeläugig, rotwangig, beständig lächelnd und mit blitzendem Schmuck angetan, zu seiner Linken saß.

„*Excellentes, chère amie*", antwortete Woronzow auf die Frage seiner Gemahlin, was für Nachrichten ihm der Kurier gebracht habe. „*Simon a eu de la chance.*"

Und er erzählte so laut, daß alle, die am Tische saßen, es hören konnten, daß der berühmte Chadschi Murat, der tapferste Unteranführer Schamyls, sich den Russen ergeben habe und heute oder morgen in Tiflis eintreffen werde. Für alle Anwesenden außer ihm selbst war die Nachricht eine Überraschung; er selbst wußte, daß Unterhandlungen betreffs der Übergabe bereits seit längerer Zeit geführt worden waren.

Alle Tischgäste, selbst die jungen Adjutanten und Beamten, die unten an der Tafel saßen und eben noch über irgend etwas leise gelacht hatten, verstummten plötzlich und hörten zu.

„Und Sie, General, sind Sie diesem Chadschi Murat jemals begegnet?" fragte die Fürstin ihren Nachbar, den rothaarigen General, als der Fürst zu sprechen aufgehört hatte.

„Gewiß, mehr als einmal, Fürstin!"

Und der General erzählte, wie Chadschi Murat im Jahre 1843, nach der Einnahme von Gergebil durch die Bergbewohner, auf eine russische Heeresabteilung unter General Passek gestoßen sei, und wie er fast unter ihren Augen den Oberst Solotuchin getötet habe.

Woronzow hörte mit leutseligem Lächeln zu, wie der General erzählte, und war anscheinend durchaus nicht unzufrieden damit. Plötzlich jedoch nahm sein Gesicht einen zerstreuten und müden Ausdruck an.

Der General, der recht ins Plaudern hineingekommen war, berichtete jetzt, wie er zum zweiten Male mit Chadschi Murat zusammengetroffen sei.

„Er war es ja, wie sich Ew. Durchlaucht erinnern werden, der damals bei der Expedition gegen Schamyls Hauptfestung Dargo die Truppen in einen Hinterhalt lockte, daß sie nur mit Mühe herausgehauen werden konnten", sagte der General.

„Wo war das?" fragte Woronzow und blinzelte mit den Augen.

Der wackere General hatte die Unvorsichtigkeit begangen, eine Affäre aufs Tapet zu bringen, bei der eine ganze Heeresabteilung, mit Woronzow selbst an der Spitze, schmählich zusammengehauen worden wäre, wenn nicht rechtzeitig Entsatz eingetroffen wäre. Alle Anwesenden wußten, daß jene von Woronzow befehligte Expedition, bei der die Russen zahlreiche Tote und Verwundete und eine Anzahl von Geschützen verloren, ein wenig ehrenvolles Blatt in der Geschichte der kaukasischen Feldzüge bildete. Es war denn auch üblich, sobald jemand diese Expedition in Woronzows Gegenwart erwähnte, dies nur in demselben Sinne zu tun, in dem auch Woronzow selbst damals seinen Bericht an den Zaren abgefaßt hatte, dem die Angelegenheit als ein glänzender Erfolg der russischen Waffen dargestellt worden war. Wenn der General jetzt davon sprach, daß jene Abteilung „herausgehauen" worden sei, so war damit gesagt, daß jene Affäre, weit davon entfernt, eine glänzende Waffentat zu sein, vielmehr ein böser Fehlgriff war, der viele Leute das Leben kostete. Alle begriffen sogleich, daß hier ein schlimmer Verstoß gegen den Takt vorlag, und so stellten sich denn die einen, als hätten sie nichts von der Ungeschicklichkeit des Generals gemerkt, während die anderen voll Schrecken der Dinge harrten, die nun weiter kommen würden. Nur einige wenige wechselten still lächelnd vielsagende Blicke miteinander. Von alledem merkte der General mit dem aufgezwirbelten Schnurrbart nicht das Geringste, und als der Statthalter jene Frage nach dem „Wo?" gestellt hatte, antwortete er ganz ruhig und harmlos:

„Na, eben dort, wo Durchlaucht so böse in der Klemme saßen!"

Er war von dem einmal aufgenommenen Thema nicht mehr abzubringen und erzählte ganz ausführlich, wie geschickt dieser Chadschi Murat die Abteilung mitten entzwei geschnitten habe, so daß, wenn sie nicht „herausgehauen" worden wäre – er wiederholte immer wieder das Wort „herausgehauen" –, nicht ein Mann sich hätte retten können. Und er hätte immer weiter und weiter erzählt, wenn nicht Manana Orbeliani, in richtiger Erkenntnis der Situation, ihn unterbrochen und nach der Beschaffenheit seines Tifliser Quartiers gefragt hätte. Der General ließ seinen Blick ganz verdutzt über die Anwesenden schweifen und begegnete dem Auge seines am Ende der Tafel sitzenden Adjutanten, der ihn mit bedeutsamem Blicke durchdringend ansah. Da merkte er plötzlich, was er angerichtet. Ohne der Fürstin zu antworten, blickte er in mürrischem Schweigen auf seinen Teller und begann das ihm vorgesetzte, raffiniert zubereitete, nach Aussehen und Geschmack ihm unbekannte Gericht hastig herunterzuschlingen.

Peinliche Verlegenheit malte sich auf allen Gesichtern, aber der grusinische Fürst, der an der anderen Seite der Fürstin Woronzow saß und ein überaus glatter Schmeichler und Höfling, wenn auch sonst ein recht beschränkter Kopf war, wußte der beklemmenden Stimmung geschickt ein Ende zu machen. Er begann, als ob er gar nichts gemerkt hätte, mit lauter Stimme zu erzählen, wie Chadschi Murat seinerzeit die Witwe Achmet Chans von Mechtulinsk entführt habe: „Mitten in der Nacht brach er ins Dorf ein, nahm mit, was er mitnehmen wollte, und jagte mit seiner Schar davon."

„Warum hatte er es gerade auf diese Frau abgesehen?“ fragte die Fürstin.

„Er hatte mit ihrem Gatten in Feindschaft gelebt und ihn verfolgt, konnte seiner jedoch bis zum Tode des Chans nicht habhaft werden, und so rächte er sich an der Witwe.“

Die Fürstin übersetzte seine Erzählung ihrer alten Freundin, der Gräfin Choiseul, die neben dem grusinischen Fürsten saß, ins Französische.

„*Quelle horreur!*“ rief die Gräfin entsetzt, schloß die Augen und schüttelte den Kopf.

„Es war nicht allzu schlimm,“ sagte Woronzow lächelnd. „Man hat mir erzählt, daß er seine Gefangene durchaus respektvoll und ritterlich behandelt und später freigelassen habe.“

„Ja, nachdem sie ein Lösegeld erlegt hatte.“

„Nun, das ist doch selbstverständlich. Immerhin hat er sich edel gegen sie benommen.“

Diese Worte des Fürsten gaben für die weitere Unterhaltung über Chadschi Murat den Ton an. Die Höflingsschar begriff, daß dem Fürsten Woronzow durchaus damit gedient war, wenn der Person Chadschi Murats eine recht große Bedeutung beigelegt würde.

„Ganz erstaunlich, welche Waghalsigkeit dieser Mensch besitzt! Ein höchst merkwürdiger Mensch!“

„Und was sagen Sie dazu, daß er im Jahre 1849 am helllichten Tage in den Flecken Temirchanschura einbrach und die Läden ausplünderte?“

Ein am Ende der Tafel sitzender Armenier, der um jene Zeit in Temirchanschura gelebt hatte, erzählte allerhand Einzelheiten über diesen Handstreich Chadschi Murats.

Chadschi Murats Taten bildeten auch weiterhin den einzigen Gesprächsstoff an der Mittagstafel. Alle rühmten um die Wette seine Tapferkeit, Klugheit und Großmut. Irgend jemand erzählte, er habe einmal sechsundzwanzig Gefangene auf einmal töten lassen; doch auch dafür fand man Rechtfertigungsgründe: was sollte man schon sagen, *à la guerre comme à la guerre*.“

„Entschieden ein großer Mann!“

„Hätte seine Wiege in Europa gestanden, dann wäre er vielleicht ein neuer Napoleon geworden,“ meinte der grusinische Fürst, der bei aller Beschränktheit so trefflich zu schmeicheln verstand.

Er wußte, daß jede Erwähnung Napoleons, dessen Truppen Woronzow geschlagen, dem Fürsten, der für diese Waffentat das weiße Kreuz an seinem Halse erhalten hatte, stets angenehm im Ohr klang.

„Nun, wenn auch nicht gerade ein Napoleon, so doch jedenfalls ein ganz tüchtiger Kavalleriegeneral," meinte Woronzow.

„Vielleicht kein Napoleon, aber doch immerhin ein Murat."

„Er heißt ja auch Chadschi Murat," bemerkte ein Witzbold.

„Jetzt, da Chadschi Murat sich ergeben hat, wird wohl auch Schamyls Ende bald gekommen sein," sagte einer der Gäste.

„Sie spüren jedenfalls, daß *nun* aller Widerstand vergeblich ist," meinte ein anderer. In dem Wörtchen „nun" lag eine Anspielung auf das Regime Woronzow.

„*Tout cela est grâce à vous*," sagte Manania Orbeliani.

Fürst Woronzow bemühte sich, die Wogen der Schmeichelei, die über ihm zusammenzuschlagen begannen, ein wenig zurückzudämmen. Immerhin waren alle diese glatten Reden, die in sein Ohr klangen, ihm nicht unangenehm, und als er vom Tisch aufstand und seine Dame in den Salon zurückführte, befand er sich in der allerbesten Stimmung.

Als nach dem Diner im Salon der Kaffee gereicht wurde, war der Fürst gegen alle ganz besonders herablassend und trat unter anderem auch an den General mit dem aufgezwirbelten roten Schnurrbart heran, um ihm zu verstehen zu geben, daß er seine Ungeschicklichkeit nicht bemerkt habe.

Nachdem der Fürst mit jedem seiner Gäste ein freundliches Wort gewechselt hatte, setzte er sich an den Kartentisch. Er spielte nur sein altgewohntes L'hombre. Seine Partner waren der grusinische Fürst, ferner ein armenischer General, der das Spiel eigens beim Kammerdiener des Fürsten gelernt hatte, und als vierter Mann der Hausarzt Doktor Andrejewskij, der beim Fürsten einen großen Einfluß besaß.

Schon hatte Woronzow die goldene Tabakdose mit dem Porträt Alexanders I. neben sich hingelegt, den Umschlag des eleganten Kartenspiels aufgerissen und die Karten ausgeteilt, als sein italienischer Kammerdiener Giovanni ihm auf silbernem Präsentierteller einen Brief überbrachte.

„Noch ein Kurier, Durchlaucht!"

Woronzow legte die Karten hin, entschuldigte sich bei den Mitspielern, öffnete den Brief und begann zu lesen.

Der Brief war vom Sohne des Fürsten. Er schilderte den Übertritt Chadschi Murats und den Zusammenstoß mit Meller Sakomelskij.

Die Fürstin trat hinzu und fragte, was der Sohn schreibe.

„Immer noch dasselbe Thema. *Il a eu quelques désagréments avec le commandant de la place. Simon a eu tort. But all is well, that ends well*," sagte er, gab den Brief seiner Frau und wandte sich den ehrerbietig wartenden Spielpartnern zu, die er die Karten aufzunehmen bat.

Nach dem ersten Spiel öffnete Woronzow die Tabakdose und tat etwas, was er immer nur dann zu tun pflegte, wenn er in besonders guter Laune war: er nahm mit dem Zeigefinger und Daumen seiner runzeligen weißen Greisenhand eine Prise französischen Schnupftabaks aus der Dose, führte sie zu seiner Nase empor und stopfte beide Nasenlöcher damit voll. –

Zehntes Kapitel

Als Chadschi Murat tags darauf bei Woronzow erschien, war der Empfangssalon des Fürsten von Menschen überfüllt. Der General mit dem aufgezwirbelten Schnurrbart, der am Tage vorher beim Statthalter zur Tafel geladen gewesen, war zur Abschiedsaudienz in Galauniform mit allen Orden erschienen. Ferner war da ein Regimentskommandeur, der vor das Kriegsgericht kommen sollte, weil er Verpflegungsgelder seines Regiments unterschlagen hatte. Ein reicher Armenier, ein Schützling des Doktor Andrejewskij, war gekommen, um seinen Branntweinpachtvertrag zu erneuern. Die ganz in schwarz gekleidete Witwe eines gefallenen Offiziers harrte des Augenblickes, da sie dem Statthalter die Bitte um Gewährung einer Pension oder um Unterbringung ihrer Kinder in einem Institut auf Kosten der Krone vortragen durfte. Ein bankerotter grusinischer Fürst war in der malerischen Tracht seiner Heimat erschienen, sich um die Pacht eines freigewordenen Kirchengutes zu bewerben. Ein Polizeikommissär war mit einem großen Aktenkonvolut unter dem Arme gekommen, das ein von ihm ausgearbeitetes neues Projekt zur Unterwerfung des Kaukasus enthielt. Ein tatarischer Chan endlich hatte sich einzig zu dem Zweck eingefunden, um zu Hause erzählen zu können, er sei beim Fürsten gewesen.

Alle wurden der Reihe nach empfangen, und der hübsche, blonde, jugendliche Adjutant geleitete einen nach dem andern in das Kabinett des Fürsten.

Als Chadschi Murat mit kräftigem Schritt, nur ganz leicht hinkend, den Empfangssalon betrat, wandten sich ihm sogleich alle Blicke zu, und er hörte, wie bald hier, bald dort sein Name geflüstert wurde.

Chadschi Murat trug über einem braunen, am Kragen mit einer schmalen silbernen Borte verzierten Beschmet eine lange weiße Tscherkeska. An den Beinen trug er schwarze Strumpfschafte und ebensolche Überschuhe über den glatt anliegenden Pantoffeln; auf seinem Kopfe saß die Lammfellmütze mit dem

Turban – demselben Turban, den er seinerzeit, als er sich Schamyl anschloß, aufgesetzt hatte, und um dessentwillen General Klugenau ihn dann später auf die Denunziation Achmet Chans hin hatte festnehmen lassen. Kühn und sicher schritt Chadschi Murat über das Parkett des Empfangssalons hin, wobei sein in den Hüften schlank erscheinender Oberkörper leicht nach dem einen, etwas kürzeren Beine hinüberwippte. Seine weit auseinanderstehenden Augen blickten ruhig vorwärts und schienen niemanden zu sehen.

Der hübsche Adjutant begrüßte Chadschi Murat und bat ihn, so lange Platz zu nehmen, bis er ihn dem Fürsten gemeldet hätte. Chadschi Murat lehnte jedoch ab, sich zu setzen – die Hand an den Griff seines Dolches legend und das Bein zur Seite setzend, blieb er stehen und blickte mit geringschätziger Miene auf alle Anwesenden.

Der Dolmetscher, Fürst Tarchanow, trat auf Chadschi Murat zu und begann ein Gespräch mit ihm. Chadschi Murat gab nur widerwillige kurze Antworten. Aus dem Kabinett des Statthalters trat ein kumykischer Fürst, der sich über einen russischen Kommissar beschwert hatte, und gleich darauf rief der Adjutant Chadschi Murat auf. Er geleitete ihn bis zur Tür des Kabinetts und ließ ihn eintreten.

Woronzow empfing Chadschi Murat an der Ecke seines Schreibtisches stehend. Das greise weiße Gesicht des Oberstkommandierenden zeigte diesmal nicht dieselbe lächelnde Miene wie gestern, sondern hatte eher einen strengen und feierlichen Ausdruck.

Als Chadschi Murat in das große Zimmer mit dem riesigen Schreibtisch und den von grünen Portieren umrahmten großen Fenstern trat, legte er seine sonnenverbrannten kleinen Hände auf jene Stelle der Brust, an der die beiden Seiten seiner weißen Tscherkeska sich kreuzten, und im kumykischen Dialekt, den er geläufig sprach, begann er langsam, klar vernehmlich, mit ehrerbietig gesenkten Augen:

„Ich begebe mich hiermit unter den hohen Schutz des großen Zaren und Eurer Durchlaucht. Ich verspreche, dem weisen Zaren bis zum letzten Blutstropfen treu zu dienen, und hoffe im Kriege mit Schamyl, der mein Feind so gut wie der Eurige ist, Euch von Nutzen zu sein."

Woronzow hörte die von dem Dolmetscher übertragenen Worte und blickte Chadschi Murat an, während dieser ihm ins Gesicht sah.

Die Augen der beiden Männer trafen sich und sagten einander gar vieles, was sich mit Worten nicht ausdrücken ließ, und was jedenfalls mit der Kundgebung nicht übereinstimmte, die der Dolmetscher soeben übertragen hatte. Sie sagten einander, ohne den Mund zu öffnen, die ganze unverhüllte Wahrheit: Woronzows Augen sagten, daß er nicht ein einziges Wort von alledem glaube, was Chadschi Murat soeben gesprochen, daß er ganz genau wisse, jener sei ein Feind alles Russischen und werde es immer bleiben, und wenn er sich jetzt unterwerfe, so geschehe es nur, weil er sich nicht anders zu helfen wisse. Und Chadschi Murat begriff seinerseits vollkommen, daß Woronzow alles dies wisse, und fuhr doch fort, ihm seine Ergebenheit zu beteuern. Seine Augen sagten, daß es diesem Greise besser anstehe, an den Tod zu denken als an den Krieg, daß er, obschon alt, doch noch immer ein durchtriebener Fuchs sei, vor dem man auf der Hut sein müsse. Und Woronzow war sich darüber klar, daß der andere ihn durchschaute, aber sein Mund sprach zu Chadschi Murat nur Worte, die ihm durch die Rücksicht auf den kriegerischen Erfolg geboten schienen.

„Sag' ihm," sprach Woronzow zu dem Dolmetscher – er pflegte alle seine jungen Offiziere zu duzen – „daß unser Herrscher ebenso gnädig und mild wie mächtig ist, und daß er auf meine Fürsprache hin ihm voraussichtlich verzeihen und ihn in seine Dienste nehmen wird. Hast du es ihm übersetzt?" fragte er und sah Chadschi Murat dabei an. „Teile ihm nun mit, daß er bis zum Eintreffen der allergnädigsten Entschließung meines Gebieters hier unter meiner Obhut verbleiben wird, und daß ich bemüht sein werde ihm den Aufenthalt bei uns angenehm zu machen."

Chadschi Murat legte nochmals die Hände mitten auf seine Brust und sprach irgend etwas in raschem Tempo.

Der Dolmetscher übertrug seine Worte: er habe auch früher schon, als er im Jahre 1839 über Awarien gebot, den Russen treu gedient und keinen Verrat an ihnen geübt, und er wäre nie von ihnen wieder abgefallen, wenn nicht sein Feind Achmet Chan gewesen wäre, der sein Verderben wollte und ihn bei General Klugenau verleumdet hätte.

„Ich weiß, ich weiß," sagte Woronzow, obschon er das, was er zu wissen vorgab, längst vergessen hatte. „Ich weiß das alles,' wiederholte er, während er Platz nahm und Chadschi Murat ersuchte, sich auf einen an der Wand stehenden niedrigen Diwan zu setzen. Doch Chadschi Murat setzte sich nicht, sondern machte mit seinen kräftigen Schultern eine Bewegung, die besagen sollte, daß er es nicht für angemessen halte, in Gegenwart eines so hochgestellten Mannes überhaupt zu sitzen.

„Achmet Chan sowohl, wie Schamyl waren beide meine Feinde," fuhr er, zu dem Dolmetscher gewandt, fort. „Sag' dem Fürsten, Achmet Chan sei gestorben, ohne daß ich an ihm hätte Rache nehmen können, doch Schamyl sei noch am

Leben, und ich wolle nicht sterben, ohne ihm heimgezahlt zu haben, was er mir angetan.“ Er biß die Zähne aufeinander und legte die Stirn in Falten, als er dieses sprach.

„Ja, ja,“ entgegnete Woronzow ruhig. „Wie will er's denn aber dem Schamyl heimzahlen?“ wandte er sich zum Dolmetscher. „Sag' ihm doch, daß er sich setzen soll.“

Chadschi Murat weigerte sich abermals, sich zu setzen, und als er nun gefragt wurde, was ihn eigentlich bewogen habe, zu den Russen überzugehen, antwortete er, es sei der Wunsch gewesen, ihnen bei der Niederwerfung Schamyls zu helfen.

„Sehr schön, sehr schön,“ entgegnete Woronzow. „Und was gedenkt er zu diesem Zwecke zu tun? So nimm doch Platz, nimm Platz!“ wandte er sich zu Chadschi Murat selbst.

Chadschi Murat setzte sich endlich und führte nun aus, was er vorhätte: die Russen sollten ihm nur Soldaten genug mitgeben und ihn an die lesghische Linie schicken, dann verbürge er sich dafür, daß ganz Daghestan sich erheben und Schamyl nicht länger imstande sein würde, sich zu halten.

„Das ist gut, das scheint kein übler Plan,“ sagte Woronzow. „Ich werde über die Sache nachdenken.“

Der Dolmetscher übersetzte Chadschi Murat Woronzows Worte.

Chadschi Murat sann ein Weilchen nach.

„Sag' dem Sardar auch noch,“ sprach er dann, „daß meine Familie sich in den Händen meines Feindes befindet, und daß, solange dies der Fall ist, mir die Hände gebunden sind und ich den Russen nicht dienen kann. Er würde mein Weib, meine Mutter, meine Kinder töten, wenn ich jetzt ohne weiteres gegen ihn ziehen wollte. Wenn aber der Fürst die Meinigen befreit, indem er sie gegen Gefangene, die er selbst gemacht hat, eintauscht, dann werde ich Schamyl vernichten, oder ich will des Todes sein.“

„Gut, gut,“ sagte Woronzow. – „Wir wollen das alles in Erwägung ziehen. Jetzt soll er zum Chef unseres Stabes gehen und ihn über die Sachlage sowie über seine eigenen Absichten und Wünsche informieren.“

Damit endete die erste Zusammenkunft zwischen Chadschi Murat und Woronzow.

Am Abend desselben Tages wurde in dem neuen, im orientalischen Geschmack dekorierten Theater eine italienische Oper gegeben. Woronzow saß in seiner Loge, als im Parterre die auffällige Gestalt des hinkenden Chadschi Murat im Schmucke des Turbans erschien. Er war in Begleitung des ihm beigegebenen Adjutanten Woronzows, des jungen Loris Melikow, im Theater erschienen und hatte in der ersten Parkettreihe Platz genommen. Mit der dem orientalischen Muselmann eigenen Würde hatte Chadschi Murat dem ersten Akt beigewohnt – ohne jeden Ausdruck des Staunens, mit vollkommen gleichgültiger Miene. Im Zwischenakt erhob er sich, musterte in aller Ruhe die Zuschauer und verließ, während alle Augen auf ihn gerichtet waren, das Theater.

Am folgenden Tage, einem Montag, fand, wie gewöhnlich, beim Statthalter eine Abendunterhaltung statt. In dem großen, hell erleuchteten Saale erklangen die munteren Weisen, die ein im Wintergarten hinter einer Wand von grünen Gewächsen verborgenes Orchester spielte. Junge und nicht mehr ganz junge Frauen in Kleidern, die Hals, Arme und Brust frei ließen, wirbelten mit Männern in bunten Uniformen, die sie umschlungen hielten, durch den Saal. Lakaien in roten Fräcken, weißen Strümpfen und Schnallenschuhen standen am Büfett, schenkten den Herren Champagner ein und präsentierten den Damen Konfekt. Die Gemahlin des Sardars ging, trotz ihres Alters gleichfalls halb entblößt, zwischen den Gästen umher, lächelte ihnen verbindlich zu und ließ auch Chadschi Murat, der mit derselben Gleichgültigkeit wie gestern im Theater die Gäste musterte, durch den Dolmetscher ein paar freundliche Worte sagen. Nach der Fürstin traten auch die anderen halbnackten Frauen auf Chadschi Murat zu, standen, ohne eine Spur von Scham zu empfinden, vor ihm und richteten lächelnd alle dieselbe Frage an ihn: wie ihm das, was er hier sehe, wohl gefalle. Auch der Statthalter selbst, der diesmal an seiner Uniform goldene Achselstücke und Epauletten und um den Hals das weiße Kreuz an einem breiten Bande trug, kam auf ihn zu und stellte ihm die gleiche Frage, offenbar in der Überzeugung, die auch alle übrigen Fragesteller teilten, daß alles das, was Chadschi Murat hier sah, ihm unbedingt gefallen mußte. Chadschi Murat gab Woronzow die gleiche Antwort, die er auch den anderen erteilt hatte: daß es bei ihnen zu Hause so etwas nicht gebe, womit er unentschieden ließ, ob er das, was er sah, für schön oder häßlich hielt.

Chadschi Murat machte den Versuch, auf dem Balle mit Woronzow über die Auswechselung der Seinigen zu reden, doch Woronzow tat, als höre er nicht, und ließ ihn stehen. Loris Melikow erklärte darauf Chadschi Murat, daß der Ballsaal nicht der geeignete Ort sei, um über die Angelegenheit zu reden.

Als es zwei Uhr schlug, sah Chadschi Murat, um die Zeiten zu vergleichen, auf die Uhr, die ihm der junge Woronzow verehrt hatte, und fragte Loris Melikow, ob er nun wohl gehen könne. Loris Melikow meinte, es stehe dem nichts entgegen, doch sei es besser, er warte noch ein Weilchen. Gleichwohl brach

Chadschi Murat auf und begab sich in dem Phaeton, der ihm zur Verfügung gestellt war, nach dem ihm zugewiesenen Quartiere.

Elftes Kapitel

Am fünften Tage seines Aufenthaltes in Tiflis erhielt Chadschi Murat den Besuch Loris Melikows, des jungen Adjutanten des Statthalters. Er kam im besonderen Auftrage seines hohen Vorgesetzten.

„Kopf und Hände sind bereit, dem Sardar zu dienen," sagte Chadschi Murat mit seiner gewohnten diplomatisch vorsichtigen Miene, indem er den Kopf neigte und die Hand auf die Brust legte. „Gebiete deinem Diener," sagte er und sah dabei Loris Melikow freundlich in die Augen.

Loris Melikow nahm in einem Sessel, der am Tische stand, Platz, während Chadschi Murat sich ihm gegenüber auf einen niedrigen Diwan setzte, die Arme auf die Knie stützte, den Kopf vorneigte und mit Aufmerksamkeit anhörte, was Loris Melikow zu ihm sprach. Der Adjutant, der das Tatarische gut beherrschte, sagte; daß der Fürst, obschon er Chadschi Murats Vergangenheit sehr wohl kenne, doch seine Lebensgeschichte aus seinem eigenen Munde zu hören wünsche.

„Erzähle sie mir," sagte Loris Melikow, „und ich werde sie aufzeichnen und ins Russische übersetzen, damit der Fürst sie dem Zaren übersenden kann."

Chadschi Murat schwieg ein Weilchen: er war gewohnt, nicht nur denjenigen, mit dem er sprach, ohne Unterbrechung ausreden zu lassen, sondern auch immer noch, sobald der andere geendet, ein Weilchen zu warten, ob er vielleicht noch etwas hinzuzufügen habe. Als er meinte, daß der Adjutant nichts weiter zu sagen habe, hob er mit einer raschen Bewegung den Kopf empor, daß die Lammfellmütze ihm in den Nacken glitt. Um seinen Mund spielte jenes besondere, kindliche Lächeln, das auch der jungen Fürstin Woronzow schon so wohlgefallen hatte.

„Das kann geschehen," sagte er, er fühlte sich offenbar geschmeichelt bei dem Gedanken, daß der Zar selbst seine Lebensgeschichte lesen würde.

„Erzähle mir alles, ohne dich zu übereilen, ganz von Anfang an," versetzte Loris Melikow, ihn nach tatarischer Sitte duzend, während er sein Notizbuch aus der Tasche nahm.

„Das kann geschehen, wie gesagt," meinte Chadschi Murat, „nur gibt es da sehr, sehr viel zu erzählen, weil ich sehr viel erlebt habe."

„Wirst du an einem Tage nicht fertig, dann erzählst du am nächsten Tage weiter," sagte Loris Melikow.

„Soll ich von Anfang an beginnen?"

„Ja, ganz von Anfang an – wo du geboren bist und wo du von Jugend auf gelebt hast."

Chadschi Murat neigte den Kopf vor und saß so eine ganze lange Weile da. Dann nahm er einen Stock, der neben dem Diwan lag, zog unter dem mit einem Elfenbeingriff versehenen, goldverzierten Dolche ein haarscharf geschliffenes kleines Messer hervor und begann damit an dem Stocke herumzuschnitzen, während er zu gleicher Zeit seine Schicksale erzählte.

„Schreib also," begann er. „Ich bin in einem kleinen Dorfe, Zelmes heißt es, geboren, mit einem Eselskopfe, wie man bei uns in den Bergen von Leuten sagt, die ihren Kopf für sich haben. Nicht weit von unserem Dorfe, vielleicht auf zwei Schußweiten entfernt, liegt die Ortschaft Chunsach, in der die Chane lebten. Unsere Familie stand ihnen sehr nahe. Als meine Mutter meinem ältesten Bruder Osman das Leben geschenkt hatte, nährte sie den ältesten Sohn des Chans, Abununzal Chan mit Namen. Auch den zweiten Sohn des Chans, Umma Chan, hatte sie an der Brust, doch mein zweiter Bruder Achmet starb, und als ich nun geboren wurde und auch die Frau des Chans ihren dritten Sohn Bulatsch Chan um die gleiche Zeit zur Welt brachte, wollte meine Mutter nicht wieder den Ammendienst übernehmen. Mein Vater befahl es ihr, die Mutter weigerte sich aber, es zu tun, weil sie meinte, daß ihr eigenes Kind dabei wieder zugrunde gehen könne. Da stach mein Vater, der ein Hitzkopf war, mit dem Dolche nach ihr und hätte sie getötet, wenn man ihn nicht von ihr fortgerissen hätte. So behielt sie mich denn und nährte mich allein und hat dann selbst ein Lied darauf gedichtet. Doch das brauche ich dir nicht zu erzählen . . ."

„Doch, erzähle es nur, laß nichts aus," sagte Loris Melikow.

Chadschi Murat begann nachzusinnen. Er gedachte seiner Mutter und sah sie im Geiste, wie sie ihn oben auf dem Dache der Hütte neben sich schlafen legte und mit dem Pelze zudeckte, und wie er sie bat, ihm die Stelle an ihrer Hüfte zu zeigen, an der die Narbe von jenem Dolchstich zu sehen war.

Er besann sich auf das Lied und sagte es her. Es lautete: „Dein stählerner Dolch hat meine weiße Brust durchbohrt, und ich legte mein holdes Sonnenkind, meinen Sohn, an die Wunde, ich wusch ihn mit meinem warmen Blute, und die Wunde vernarbte ohne Kräuter und Wurzeln. Ich habe den Tod nicht gefürchtet, und auch er, mein Sohn, mein tapferer Dschigit, wird ihn nicht fürchten."

„Diese meine Mutter ist jetzt in Schamyls Händen und muß ausgelöst werden," sagte Chadschi Murat.

In schweigendem Brüten saß er hierauf eine ganze Weile da. Er gedachte des mageren Hundes, der ihm, als er selbst noch klein war, das Gesicht beleckt hatte, und des besonderen Duftes von Rauch und saurer Milch, den er jedesmal verspürte, wenn die Mutter ihm ein Stück Fladen gab. Er erinnerte sich, wie ihn die Mutter in einem Korbe auf dem Rücken über die Berge getragen hatte, zum Großvater auf die Farm. Er erinnerte sich des graubärtigen, runzeligen Großvaters, der mit den sehnigen Armen das Silber schmiedete und den Enkel die Gebete lehrte.

„Sie nahm also nicht wieder als Amme Dienste," fuhr er dann, den Kopf zurückwerfend, fort. „Die Frau des Chans nahm eine andere Amme, blieb aber mit meiner Mutter befreundet. Und die Mutter führte uns Kinder nach dem Hause des Chans, und wir spielten mit den Kindern des Chans, und die Frau des Chans war uns allen sehr gewogen.

„Es waren drei junge Chane: Abununzal Chan, der Milchbruder meines Bruders Osman, Umma Chan, mein Blutsbruder, und Bulatsch Chan, der jüngste, den Schamyl in den Abgrund gestürzt hat. Doch davon später."

„Ich zählte fünfzehn Jahre, als die Muriden die Dörfer zu durchwandern begannen. Sie schlugen mit hölzernen Säbeln an die Steine und riefen: ›Muselmänner, Chasawat!‹ Die Tschetschenzen gingen alle miteinander zu den Muriden über, und auch die Awaren begannen sich ihnen anzuschließen. Ich lebte damals am Hofe der Chane. Ich war wie ein Bruder des Chans, tat, was ich wollte, und gewann Reichtümer. Ich hatte Pferde und Waffen, und auch Geld hatte ich. Ich lebte in Saus und Braus und machte mir keine Gedanken. So lebte ich bis zu der Zeit, da Kasi Mullah getötet ward und Hamsat an seine Stelle kam. Hamsat schickte Boten an die Chane, mit der Drohung, daß er Chunsach zerstören würde, wenn sie das Chasawat nicht annähmen. Da hieß es wohl überlegen. Die Chane zögerten aus Furcht vor den Russen, das Chasawat anzunehmen, und die Mutter der Chane sandte mich mit ihrem zweiten Sohne Umma Chan nach Tiflis zum Oberstkommandierenden, den wir um Hilfe gegen Hamsat bitten sollten. Oberstkommandierender war damals Rosen, der Baron. Er empfing weder mich noch Umma Chan. Er ließ uns sagen, daß er uns Hilfe senden werde, hat aber in Wirklichkeit nichts getan. Nur ein paar seiner Offiziere suchten uns in Tiflis auf und spielten mit Umma Chan Karten. Sie gaben ihm Wein zu trinken und führten ihn in die Höhlen des Lasters, und er verlor alles, was er hatte, an sie im Kartenspiel. Er war so stark wie ein Stier und so tapfer wie ein Löwe, an Geist aber so schwach wie das Wasser. Er hätte unser letztes Pferd und unsern letzten Säbel verspielt wenn ich ihn nicht aus Tiflis weggebracht hätte. Nach diesem Besuche in Tiflis war ich anderen Sinnes geworden und redete der Mutter der Chane und den jungen Chanen zu, sie sollten das Chasawat annehmen."

„Warum warst du andern Sinnes geworden?" fragte Loris Melikow. „Haben dir die Russen nicht gefallen?"

Chadschi Murat schwieg ein Weilchen.

„Nein, sie haben mir nicht gefallen," sagte er dann mit fester Stimme und schloß dabei die Augen. „Und es lag auch noch ein besonderer Grund vor, warum ich geneigt war, das Chasawat anzunehmen."

„Was für ein Grund war das?"

„In der Nähe unseres Dorfes Zelmes war ich eines Tages, als ich mit dem Chan zusammen ausritt, auf drei Muriden gestoßen. Zwei von ihnen entflohen und den dritten tötete ich durch einen Pistolenschuß. Als ich zu ihm hintrat, um ihm die Waffen abzunehmen, sah ich, daß er noch lebte. Er blickte mich an und sprach: ›Du hast mich getötet, mir ist wohl. Du bist ein Muselmann, bist jung und stark, nimm das Chasawat an. Gott befiehlt es.‹"

„Und da nahmst du es an?"

„Noch nicht, doch begann ich nachzudenken," sagte Chadschi Murat und fuhr dann in seiner Erzählung fort: „Als Hamsat gegen Chunsach angerückt kam, sandten wir alte Männer zu ihm und ließen ihm sagen, wir seien bereit, das Chasawat anzunehmen. Er solle uns nur einen gelehrten Mann senden, der uns darüber aufklären könnte, wie man es zu halten habe. Hamsat ließ den Alten die Schnurrbarte abrasieren und Löcher in die Nase bohren, hing ihnen Brezeln hinein und schickte sie so heim. Die Alten sagten, Hamsat sei bereit, uns einen Scheich zu schicken, der uns über das Chasawat belehren würde, doch stelle er die Bedingung, daß die Mutter der Chane ihm ihren jüngsten Sohn als Geisel schicken solle. Die Mutter der Chane schenkte Hamsat Glauben und entsandte Bulatsch Chan zu ihm. Hamsat nahm Bulatsch Chan wohl auf und schickte zu uns, auch die älteren Brüder sollten zu ihm kommen. Er ließ sagen, er wolle den jungen Chanen ebenso dienen, wie sein Vater ihrem Vater gedient habe. Die Mutter der Chane war ein schwaches Weib, dumm und vorlaut, wie alle Weiber, wenn sie nach ihrem eigenen Willen leben. Sie fürchtete sich, beide Söhne auf einmal zu schicken, und entsandte zuerst nur Umma Chan allein hin. Ich machte mich mit ihm auf den Weg. Eine Werst weit kamen die Muriden uns entgegen, sangen und schossen und tummelten ihre Rosse um uns herum. Als wir zu Hamsat kamen, trat er aus seinem Zelte und hielt Umma Chan den Steigbügel, womit er ihn als Chan anerkannte. ›Ich habe eurem Hause nichts Böses angetan‹, sprach er, ›und will ihm auch nichts Böses antun. Verschonet nur mein Leben und hindert mich nicht, die Menschen für das Chasawat anzuwerben. Ich werde euch mit allen meinen Mannen dienen, wie mein Vater eurem Vater gedient hat. Gewährt mir Zutritt zu eurem Hause. Ich werde euch mit meinem Rat zur Seite stehen, ihr aber könnt schalten und walten, wie ihr wollt.‹“

„Umma Chan war unbeholfen in Worten, er wußte nicht, was er sagen sollte, und schwieg. Da sagte ich, wenn sich die Dinge so verhielten, dann solle Hamsat nach Chunsach kommen, die Mutter der Chane und der älteste Chan würden ihn mit Ehren empfangen. Sie ließen mich jedoch nicht ausreden – und hier war es, daß ich zum ersten Male mit Schamyl zusammenstieß. Er stand neben dem Imam und sagte zu mir: ›Nicht du bist gefragt, sondern der Chan.‹ Ich schwieg darauf, und Hamsat führte Umma Chan in sein Zelt. Dann rief Hamsat auch mich hinein und hieß mich mit seinen Abgesandten nach Chunsach zurückkehren. Ich tat, wie er mich hieß. Die Abgesandten Hamsats suchten die Mutter der Chane zu bereden, sie solle auch den ältesten Chan zu Hamsat entsenden. Ich sah, daß Verrat im Spiel war, und riet der Mutter der Chane, den Sohn nicht hinzuschicken. Aber in solch einem Weiberkopfe sitzt genau so viel Verstand, wie Haare auf einem Ei. Die Mutter der Chane glaubte Hamsats Leuten und befahl dem Sohne hinzugehen. Als Abununzal sich weigerte, sagte sie: ›Ich sehe, du hast Angst.‹ Gleich der Biene wußte sie, nach welcher Stelle sie den Stachel zu richten habe. Abununzal Chan entbrannte vor Unwillen, sprach kein Wort mehr mit ihr und ließ sein Roß satteln. Ich ritt mit ihm hin. Hamsat empfing uns noch freundlicher als den jüngeren Bruder Umma Chan. Er kam uns selbst auf zwei Büchsenschüsse den Berg hinab entgegen, und hinter ihm her kamen seine Berittenen, sangen und schossen und tummelten keck ihre Rosse. Als wir im Lager ankamen, führte Hamsat den Chan in sein Zelt, während ich draußen bei den Pferden blieb.

„Ich saß unten am Berge, als ich in Hamsats Zelte Gewehrschüsse vernahm. Ich lief auf das Zelt zu. Umma Chan lag auf dem Rücken in einer großen Blutlache, während Abununzal mit den Muriden kämpfte. Ein Säbelhieb hatte ihm die Backe vom Gesichte getrennt, daß sie blutend herunterhing. Er suchte sie mit der einen Hand festzuhalten, während die andere mit dem Dolche nach jedem stach, der ihm nahekam. Ich sah, wie er einen Bruder Hamsats niederstach, und wie er den Dolch schon nach seinem zweiten Bruder zückte – als die Muriden plötzlich auf ihn zu schießen begannen und ihn zu Falle brachten."

Chadschi Murat hielt inne, sein wettergebräuntes Gesicht war ganz rot vor Erregung, und seine Augen waren von Blut unterlaufen.

„Ich ward von Furcht ergriffen und entfloh", sagte er.

„Ei sieh doch," sprach Loris Melikow, „ich denke, du hast dich nie vor etwas gefürchtet?"

„Später nicht. Ich habe fortan stets der Schmach jener Stunde gedacht, und wenn ich daran dachte, dann fürchtete ich nichts mehr."

Zwölftes Kapitel

Jetzt ist's genug, jetzt ist's Zeit, daß ich bete", sagte Chadschi Murat, nahm aus der inneren Brusttasche seiner Tscherkeska die Uhr, die ihm Woronzow geschenkt hatte, drückte vorsichtig gegen die Sprungfeder, neigte den Kopf zu der Uhr hinab und lauschte mit kindlichem Lächeln auf ihre Schläge. Die Uhr schlug zwölf und ein Viertel darüber.

„Von meinem Freunde Woronzow, ein Gastgeschenk", sagte er lächelnd.

„Eine sehr schöne Uhr", meinte Loris Melikow. „Bete also jetzt, ich will so lange warten."

„Wie du willst", sagte Chadschi Murat und begab sich in sein Schlafzimmer.

Als Loris Melikow allein war, schrieb er das, was Chadschi Murat ihm erzählt hatte, in den Hauptzügen nieder, zündete sich dann eine Zigarette an und begann im Zimmer auf und ab zu gehen. Als er in die Nähe der Tür kam, die der Schlafzimmertür gegenüberlag, hörte er ein paar Stimmen, die sich in tatarischer Sprache lebhaft über irgend etwas unterhielten. Er vermutete, daß es Chadschi Murats Muriden seien, die da drinnen sprachen, und er öffnete die Tür und ging zu ihnen hinein.

In dem Zimmer verspürte er jenen auffallenden säuerlichen Ledergeruch, der den Bergbewohnern eigentümlich ist. Am Fenster saß auf einem über den Fußboden gebreiteten Filzmantel in einem zerrissenen, unsauberen Beschmet der einäugige, rothaarige Hamsalo und flocht an einem ledernen Zaumzeug. Er sprach gerade mit seiner heiseren Stimme sehr eifrig über irgend etwas, verstummte jedoch sogleich bei Loris Melikows Eintritt und fuhr, ohne den Eintretenden irgendeiner Aufmerksamkeit zu würdigen, in seiner Arbeit fort.

Ihm gegenüber stand der muntere Chan Mahoma, zeigte lachend seine weißen Zähne und wiederholte immer wieder irgend etwas, wobei seine wimperlosen schwarzen Augen nur so blitzten. Der schöne Eldar hatte die Ärmel an seinen kräftigen Armen emporgestreift und säuberte eben die Bauchgurte an einem Sattelzeug, das an der Wand von einem Nagel herabhing. Chanefi, der die Wirtschaft zu besorgen hatte, war nicht im Zimmer – er bereitete in der Küche das Mittagsmahl.

„Worüber streitet ihr denn?“ fragte Loris Melikow den lustigen Chan Mahoma, nachdem er die drei begrüßt hatte.

„Er weiß immer nur den Schamyl zu loben“, antwortete Chan Mahoma und schüttelte dem Adjutanten die Hand. „Er sagt, daß Schamyl ein großer Mann sei. Er sei gelehrt und heilig, und ein Dschigit.“

„Ja – wie denn? Er hat ihn doch verlassen, und er rühmt ihn noch immer?“

„Er hat ihn verlassen – und rühmt ihn!“ bestätigte Chan Mahoma mit blitzenden Augen und grinste dabei.

„Du hältst ihn wohl auch für *heilig* – wie?“ fragte Loris Melikow den Einäugigen.

„Wenn er nicht heilig wäre, würde das Volk ihm nicht gehorchen“, versetzte Hamsalo rasch.

„Mansur war heilig, aber Schamyl ist es nicht“, sprach Chan Mahoma. „Das war ein wirklicher Heiliger. Als er Imam war, war das ganze Volk ein anderes. Er ritt in den Dörfern umher, und das Volk kam zu ihm heraus, um den Zipfel seiner Tscherkeska zu küssen, und es bereute seine Sünden und schwur, nichts Böses mehr zu tun. Noch jetzt erzählen die alten Leute, wie die Menschen damals lebten – ganz wie die Heiligen, rauchten nicht, tranken nicht, ließen kein Gebet aus, verziehen einander jede Beleidigung, ließen selbst die Blutrache ruhen. Fanden sie Geld oder sonstige Sachen, so banden sie das Gefundene an Stangen, die sie an den Weg stellten. Damals gab Gott dem Volke auch den Erfolg in allen Dingen, nicht so wie jetzt“, sagte Chan Mahoma.

„Auch jetzt wird in den Bergen nicht getrunken noch geraucht“, meinte Hamsalo.

„Dein Schamyl ist ein Lamorej“, sagte Chan Mahoma, während er Loris Melikow listig zublinzelte.

Lamorej war eine verächtliche Bezeichnung der Bergbewohner.

„Nenne ihn meinetwegen einen Lamorej“, sagte Hamsalo. „Ich weiß jedenfalls, daß in den Bergen die Adler wohnen.“

„Das hat er gut gesagt – ein schlagfertiger Bursche!“ sagte Chan Mahoma lachend, offenbar erfreut über die treffende Antwort seines Gegners.

Als er in Loris Melikows Hand das silberne Zigarettenetui erblickte, bekam er plötzlich Lust zu rauchen und bat um eine Zigarette. Loris Melikow sagte, es sei ihnen doch verboten zu rauchen. Da blinzelte Chan Mahoma mit einem Kopfnicken nach Chadschi Murats Schlafzimmer hin und meinte, solange er es nicht sehe, könne es schon gewagt werden. Und er begann sogleich zu rauchen, wobei er den Rauch nicht tief einzog, sondern sogleich wieder in ungeschickter Weise zwischen den roten Lippen hervorblies.

„Das ist unrecht von dir“, sagte Hamsalo mit strafendem Blick und verließ das Zimmer. Chan Mahoma blinzelte pfiffig hinter ihm her, und als er seine Zigarette zu Ende geraucht hatte, fragte er Loris Melikow, wo er wohl am besten einen seidenen Beschmet und eine weiße Lammfellmütze kaufen könne.

„Hast du denn so viel Geld?“ fragte der Adjutant.

„Es wird wohl dazu reichen“, entgegnete Chan Mahoma.

„Frag' ihn einmal, woher er das Geld hat“, sagte Eldar, sein lächelndes, hübsches Gesicht nach Loris Melikow hinwendend.

„Ich habe im Spiel gewonnen“, sagte Chan Mahoma rasch.

Und er erzählte, wie er gestern, als er in den Straßen von Tiflis spazieren ging, auf einen Haufen von Russen und Armeniern gestoßen sei, die „Schrift oder Adler“ spielten. Der Satz sei recht groß gewesen drei Goldmünzen und eine ganze Menge Silbergeld. Chan Mahoma hatte das Spiel rasch begriffen, war, mit den Kupfermünzen in seiner Tasche klimpernd, mitten in den Kreis der Spieler getreten und hatte aufs Ganze gehalten.

„Wie denn – aufs Ganze? Hattest du denn so viel Geld?“ fragte Loris Melikow.

„Zwölf Kopeken hatte ich im ganzen“, antwortete Chan Mahoma mit vergnügtem Grinsen.

„Und wenn du verloren hättest?“

„Dann hatte ich diese hier“, sagte Chan Mahoma, auf seine Pistole zeigend.

„Die würdest du hingegeben haben?“

„Wozu denn? Weggelaufen wäre ich, und wäre mir einer nahegekommen, dann hätte ich ihn getötet. Abgemacht.“

„Und du hast gewonnen?“

„Ei ja, ich steckte alles ein und ging davon.“

Über Chan Mahoma und Eldar war Loris Melikow sich vollkommen klar. Chan Mahoma war ein lustiger Bursche, der gern über die Stränge schlug und nicht wußte, was er mit seinem Überschuß an Lebenskraft beginnen sollte – immer vergnügt, leichtsinnig, mit dem eigenen Leben wie mit dem fremden spielend. Diese Lust am Spiel mit dem Leben mochte ihn auch bestimmt haben, zu den Russen überzugehen, wie sie ihn vielleicht morgen bestimmen würde, wieder zu Schamyl zurückzukehren.

Auch in Eldars Wesen war nichts Rätselhaftes: er war ein ruhiger, starker, zuverlässiger Mensch, seinem Murschid bis in den Tod ergeben. Ein Rätsel blieb Loris Melikow nur der rothaarige Hamsalo. Loris Melikow sah, daß dieser Mensch nicht nur im Innern noch zu Schamyl hielt, sondern daß er auch allen Russen gegenüber einen flammenden Haß und Abscheu empfand. Er konnte daher nicht begreifen, warum er eigentlich zu den Russen übergegangen war. Er schöpfte den Verdacht – der auch bereits in einigen anderen russischen Offizieren aufgestiegen war –, daß Chadschi Murats Übertritt und alles, was er von seiner Feindschaft mit Schamyl erzählte, nichts als List und Täuschung sei, daß er nur gekommen sei, um die Schwächen der russischen Stellung auszukundschaften und dann, nachdem er wieder in die Berge geflohen, alle Kräfte gegen die schwachen Punkte zu richten. Hamsalos ganzes Wesen erschien dem Adjutanten als eine Bestätigung dieser Vermutung. „Diese beiden da, und Chadschi Murat selbst, wissen ihre Absichten zu verbergen,“ dachte Loris Melikow, „jener Rotkopf aber verrät sich durch seinen unverhohlenen Haß.“

Loris Melikow versuchte es, auch Hamsalo zum Sprechen zu bringen. Er fragte ihn, ob er sich nicht langweile. Doch jener sah ihn nur mit seinem einen Auge scheel von der Seite an, und ohne auch nur einen Augenblick seine Flechtarbeit zu unterbrechen, brüllte er mit seiner heiseren Stimme drauflos: „Nein, ich langweile mich nicht.“ Und von ähnlicher Art waren auch alle übrigen Antworten, die er gab.

Während Loris Melikow noch im Zimmer der Muriden Chadschi Murats weilte, trat auch Chanefi, der Aware, mit dem haarbedeckten Gesicht und Nacken und der zottigen, wie von Moos überwucherten Brust ins Zimmer. Er war ein Mensch, der nicht viel nachdachte, ein rüstiger Arbeiter, der gehorsam die Arbeit verrichtete, die sein Herr ihm aufgab, und ganz in dieser Arbeit aufging.

Als er jetzt hereinkam, um Reis zum Mahl zu holen, sprach Loris Melikow ihn an und fragte, woher er sei, und wie lange er Chadschi Murat schon diene.

„Fünf Jahre,“ antwortete Chanefi. „Ich bin aus demselben Dorfe wie er. Mein Vater hatte meinen Oheim getötet, und sie wollten mich dafür töten“, erzählte er ruhig, während sein Blick unter den zusammengewachsenen Brauen hervor auf Loris Melikow fiel. „Da bat ich Chadschi Murat, er solle mich als Bruder annehmen.“

„Was heißt das: ›als Bruder annehmen‹?“

„Ich ließ zwei Monate lang meinen Kopf unrasiert und meine Nägel unbeschnitten und kam dann zu ihm. Er ließ mich zu Patimat, seiner Mutter, hinein. Patimat reichte mir die Brust, und so wurde ich sein Bruder.“

Im anstoßenden Zimmer ließ sich Chadschi Murats Stimme vernehmen. Eldar hörte seinen Ruf, säuberte rasch seine Hände und ging zu seinem Murschid hinein.

„Er bittet einzutreten“, sagte Eldar, zu Loris Melikow zurückkehrend. Dieser gab dem lustigen Chan Mahoma noch eine Zigarette und ging dann zu Chadschi Murat in das Gastzimmer zurück.

Dreizehntes Kapitel

Chadschi Murat empfing den Adjutanten mit vergnügtem Gesichte.

„Nun, wollen wir fortfahren?“ begann er, auf dem Diwan Platz nehmend.

„Unbedingt“, sagte Loris Melikow. „Ich war inzwischen bei deinen Trabanten und habe mich mit ihnen unterhalten. Einer von ihnen ist ein recht lustiger Junge.“

„Du meinst Chan Mahoma – ja, das ist ein leichter Bursche“, sagte Chadschi Murat.

„Recht gut hat mir der hübsche, schlanke Jüngling gefallen.“

„Ah, Eldar! Ja, der ist noch jung, aber treu und zuverlässig wie von Eisen.“

Sie schwiegen eine Weile.

„Soll ich nun weiter erzählen?“

„Ja, ja.“

„Ich beschrieb dir zuletzt, wie die Chane getötet wurden. Als nun Hamsat sie getötet hatte, hielt er seinen Einzug in Chunsach und nahm im Palaste der Chane Wohnung. Es war jetzt nur noch die Mutter der Chane übrig geblieben. Hamsat ließ sie vor sich kommen, und sie begann ihm Vorwürfe zu machen. Da gab er seinem Muriden Asselder einen Wink, worauf dieser ihr von hinten einen Schlag über den Kopf versetzte, daß sie tot hinfiel.

„Warum hat er denn auch die Alte getötet?“ fragte Loris Melikow.

„War er mit den Vorderbeinen über den Zaun gekrochen, so mußten auch die Hinterbeine nach. Das ganze Geschlecht sollte ausgerottet werden, und so geschah es auch. Den jüngsten der Chane hatte Schamyl beseitigt, er hatte ihn in einen Abgrund gestürzt.

„Ganz Awarien unterwarf sich nun Hamsat, nur wir zwei, ich und mein Bruder unterwarfen uns nicht. Wir hatten die Chane an ihm zu rächen und forderten sein Blut. Zum Scheine zwar unterwarfen wir uns, doch dachten wir immer nur daran, wie wir unser Rachewerk ausführen könnten. Wir berieten uns mit unserem Großvater, dem Silberschmied, und beschlossen, den Augenblick abzupassen, da Hamsat den Palast verlassen würde, und ihn dann aus dem Hinterhalt zu töten. Unser Gespräch war jedoch belauscht und Hamsat hinterbracht worden. Er ließ den Großvater vor sich kommen und sprach zu ihm: ›Höre einmal, wenn es wahr ist, daß deine Enkel Böses gegen mich im Schilde führen, dann sollst du mit ihnen zusammen an demselben Galgen hängen! Ich tue Gottes Werk, und niemand soll mich darin behindern. Nun geh und merke es dir, was ich gesagt habe.‹"

„Der Großvater kam heim und sagte uns alles. Da beschlossen wir, nicht länger zu warten, sondern unsern Plan gleich am nächsten Feiertag in der Moschee zur Ausführung zu bringen. Die Freunde, die wir eingeweiht hatten, weigerten sich mitzugehen, und so blieben wir beide, ich und mein Bruder, ganz allein übrig."

„Wir nahmen jeder eine Pistole, hingen unsere Filzmäntel um und gingen nach der Moschee. Hamsat erschien, von dreißig Muriden begleitet. Sie hatten alle die blanken Säbel in der Hand. Asselder, sein Liebling – derselbe, der der Mutter der Chane den Kopf abgeschlagen hatte –, sah uns und rief, wir sollten die Filzmäntel abtun. Als er auf uns zu kam, zückte ich den Dolch nach ihm und erstach ihn. Dann warf ich mich auf Hamsat, aber mein Bruder Osman hatte bereits nach ihm geschossen. Hamsat lebte noch und stürzte sich mit dem Dolch auf den Bruder, doch ich schoß ihn durch den Kopf, daß er tot niederfiel. Die Muriden waren zu dreißig, und wir nur zwei. Meinen Bruder Osman töteten sie, ich aber konnte mich ihrer erwehren, sprang zum Fenster hinaus und entkam.

„Als es ruchbar wurde, daß Hamsat getötet sei, erhob sich das ganze Volk und die Muriden entflohen. Die nicht mehr entfliehen konnten, wurden niedergemacht."

Chadschi Murat hielt inne und schöpfte tief Atem.

„So weit war alles gut," fuhr er fort, „dann aber ward alles verdorben. Schamyl trat an Hamsats Stelle. Er schickte Boten zu mir und ließ mir sagen, ich solle mit ihm gegen die Russen ziehen – falls ich mich weigerte, drohte er, Chunsach zu zerstören und mich zu töten. Ich ließ ihm antworten, daß ich weder zu ihm kommen, noch auch dulden würde, daß er zu mir käme."

„Warum bist du nicht zu ihm gegangen?“ fragte Loris Melikow.

Chadschi Murat runzelte die Stirn und antwortete nicht sogleich.

„Ich durfte es nicht. An Schamyl klebte das Blut meines Bruders Osman und des jungen Chans Abununzal. Nein, ich ging nicht zu ihm. Rosen, der General, schickte einen Offizier zu mir und befahl mir, den Befehl über Awarien zu übernehmen. Nun wäre das ja recht gut gewesen, aber Rosen hatte vorher den Chan Mahomet Mirsa von Nasi-Kumyksk und nach diesem Achmet Chan über Awarien gesetzt. Dieser hatte einen Haß auf mich, er hatte einmal für seinen Sohn um die Schwester der Chane von Chunsach angehalten und schrieb es mir zu, daß seine Werbung abgewiesen wurde. Er schickte seine Trabanten, die mich töten sollten, doch entfloh ich ihnen. Da verleumdete er mich beim General Klugenau, dem er sagte, ich hätte es den Awaren verboten, den russischen Soldaten Holz zu geben. Auch daß ich diesen Turban hier“ – Chadschi Murat zeigte nach dem Turban auf seiner Mütze – „aufgesetzt hätte, sagte er dem General und legte dies dahin aus, daß ich mich damit als Anhänger Schamyls bekenne. Der General aber glaubte ihm nicht und ließ nicht zu, daß mir auch nur ein Haar gekrümmt würde. Doch als der General nach Tiflis gefahren war, rückte Achmet Chan mit einer Kompagnie Soldaten gegen mich heran und nahm mich gefangen. Er ließ mich in Ketten schmieden und an eine Kanone binden.

„Sechs Tage und sechs Nächte mußte ich so verharren. Am siebenten Tage wurde ich losgebunden und nach Temir Chan-Schura abgeführt. Vierzig Soldaten mit geladenen Gewehren brachten mich dahin. Meine Hände waren gefesselt, und es war Befehl erteilt, mich zu töten, wenn ich einen Fluchtversuch machen sollte. Ich wußte das. Als wir uns dem Moksoch näherten, wurde der Weg, auf dem wir marschierten, ganz schmal. Zur Rechten zog sich ein Abgrund hin, wohl fünfzig Klafter tief. Ich entfernte mich von den Soldaten nach rechts hin, nach dem Rande des Abgrundes. Der Soldat, der neben mir herging, wollte mich zurückhalten, doch ich machte einen Sprung nach dem Abgrund hin und zog den Soldaten mit. Er blieb zerschmettert unten liegen, ich aber kam mit dem Leben davon. Die Rippen, der Schädel, die Arme und Beine – alles war gebrochen. Ich versuchte zu kriechen, vermochte es jedoch nicht. Ein Schwindel befiel mich, und ich wurde ohnmächtig. Als ich erwachte, war ich ganz durchnäßt von Blut. Ein Hirte fand mich und rief Leute herbei, die mich in ein Dorf brachten. Die Rippen und der Kopf wurden heil, und auch die Gliedmaßen heilten, nur daß das eine Bein kürzer blieb.“

Und Chadschi Murat streckte das kürzere Bein vor.

„Es tut immer noch gute Dienste“, fuhr er fort. „Als die Leute hörten, wie ich die Freiheit wiedergewonnen hatte, kamen sie herbei, um mich zu sehen. Sobald ich gesund geworden, begab ich mich nach Zelmes. Die Awaren forderten mich auf, wieder über sie zu gebieten, und ich willigte ein“, sagte er mit ruhigem, selbstbewußtem Stolze.

Chadschi Murat erhob sich rasch. Er nahm ein Portefeuille aus einem seiner Reisesäcke, zog daraus zwei vergilbte Briefe hervor und reichte den einen davon Loris Melikow. Es waren Briefe des Generals Klugenau. Loris Melikow las ihn, er lautete: „An den Fähnrich Chadschi Murat. Du hast mir gedient, und ich war mit Dir zufrieden und hielt Dich für einen guten Menschen. Kürzlich aber hat Achmet Chan mich benachrichtigt, daß Du ein Verräter bist, daß Du den Turban um Dein Haupt gelegt hast, daß Du zu Schamyl in Beziehungen stehst und dem Volke predigst, es solle der russischen Obrigkeit nicht gehorchen. Ich gab Befehl, Dich festzunehmen und mir vorzuführen, doch Du bist entflohen; ich weiß nicht, ob dies für Dich gut oder schlimm ist, da ich nicht weiß, ob Du schuldig bist oder nicht. Höre nun, was ich Dir sage. Wenn Du vor dem großen Zaren ein reines Gewissen hast und Dich unschuldigst fühlst, dann erscheine vor mir. Fürchte Dich vor niemand, ich bin Dein Beschützer. Der Chan kann Dir nichts anhaben; er steht selbst unter meiner Botmäßigkeit, Du hast also nichts zu fürchten.“ Weiter schrieb Klugenau noch, er habe stets sein Wort gehalten und sei stets gerecht gewesen, und zum Schluß ermahnte er Chadschi Murat nochmals, sich ihm zu stellen.

Als Loris Melikow den ersten Brief gelesen hatte, wies Chadschi Murat nach dem zweiten, übergab ihn jedoch nicht sogleich dem Adjutanten, sondern erzählte erst, was er auf jenen ersten Brief geantwortet habe.

„Ich schrieb ihm: ich trage wohl den Turban, jedoch nicht um Schamyls, sondern um meines Seelenheiles willen; zu Schamyl könne und wolle ich nicht übergehen, da er schuld sei, daß mein Vater, meine Brüder und viele meiner Verwandten getötet worden seien. Doch auch zu den Russen könne ich nicht übergehen, da ich von ihnen schmählich beleidigt worden sei. Als ich in Chunsach gefesselt am Boden lag, habe einer von ihnen mich mit seinem Kot besudelt, und ich könne nicht eher zu ihnen übergehen, als bis dieser Mensch getötet sei. Vor allem aber sei ich in Furcht vor dem Lügner Achmet Chan.“

„Da schrieb der General mir diesen zweiten Brief,“ sagte Chadschi Murat und reichte Loris Melikow ein zweites vergilbtes Blatt.

„Ich danke Dir für die Antwort, die Du mir auf meinen Brief gesandt hast,“ las Loris Melikow. „Du schreibst, es geschehe nicht aus Furcht, daß Du nicht zurückkehrst, sondern wegen der Schmach, die Dir von einem Giauren angetan worden. Ich versichere Dich aber, daß das russische Gesetz gerecht ist, und vor Deinen Augen soll derjenige bestraft werden, der es gewagt hat, Dich so schwer zu beleidigen. Ich habe schon Auftrag gegeben, diese Angelegenheit zu untersuchen. Doch höre nun weiter, Chadschi Murat. Ich hätte wohl ein Recht, mit Dir unzufrieden zu sein, weil Du mir und meinem Ehrenwort nicht traust, doch verzeihe ich Dir, da ich weiß, daß Ihr Bergbewohner überhaupt sehr mißtrauisch seid. Wenn Dein Gewissen rein ist, wenn Du den Turban nur um Deines Seelenheils willen aufgesetzt hast, dann bist Du im Recht und kannst der russischen Obrigkeit und auch mir offen ins Auge sehen. Jener Mensch, der Dich so schwer beleidigt hat, soll, dessen versichere ich Dich, schwer bestraft werden, auch Dein Vermögen soll Dir zurückgegeben werden, und Du wirst sehen und erkennen, was das russische Gesetz bedeutet. Um so mehr, als die Russen die Dinge anders ansehen als Ihr, in ihren Augen nämlich bist Du dadurch, daß irgendein Schurke sich so schändlich gegen Dich benommen hat, durchaus nicht entehrt. Ich selbst habe den Gimrinzern erlaubt, den Turban zu tragen, und nehme ihre Angelegenheiten wahr, wie es sich gehört; ich wiederhole also, daß Du gar nichts zu befürchten hast. Komm zu mir mit dem Manne, den ich jetzt zu Dir sende; er ist mir treu ergeben, er ist nicht der Sklave Deiner Feinde, sondern der Freund eines Mannes, der bei seiner Regierung großes Gewicht hat."

Nochmals forderte dann der General Chadschi Murat auf, zu ihm zu kommen.

„Ich glaubte diesen Worten nicht," sagte Chadschi Murat, als Loris Melikow den Brief zu Ende gelesen hatte, „und ich ging nicht zu Klugenau. Ich hatte vor allem an Achmet Chan Rache zu nehmen, und dazu hätten die Russen mir nicht verholfen. Damals umringte gerade Achmet Chan mit seinen Leuten unser Dorf Zelmes und wollte mich gefangen nehmen oder töten. Ich hatte zu wenig Leute und konnte ihn allein nicht zurückschlagen. Um jene Zeit nun kam zu mir ein Bote mit einem Briefe von Schamyl. Er versprach mir Hilfe gegen Achmet Chan, den er töten wollte, und bot mir die Herrschaft über ganz Awarien an. Ich überlegte lange und ging schließlich zu Schamyl über. Und von dieser Zeit an lag ich beständig mit den Russen in Fehde."

Chadschi Murat ließ nun einen Bericht über alle seine kriegerischen Unternehmungen folgen. Es waren ihrer gar viele, und Loris Melikow kannte sie zum Teil schon. Alle seine Angriffe und Überfälle zeichneten sich durch eine ungewöhnliche Kühnheit und Schlagfertigkeit aus, und der Erfolg war ihm stets treu gewesen.

„Eine Freundschaft hat zwischen mir und Schamyl niemals bestanden," sagte Chadschi Murat zum Schluß seiner Erzählung, „er fürchtete mich vielmehr und bedurfte zugleich meiner. Da geschah es nun, daß mich jemand fragte, wer nach Schamyl Imam werden solle. Ich antwortete, derjenige werde Imam sein, der den schärfsten Säbel habe. Diese Worte wurden Schamyl hinterbracht, und er trachtete fortan, mich loszuwerden. Er schickte mich nach Tabarasan. Ich zog dahin und erbeutete tausend Schafe und dreihundert Pferde. Da erklärte er, ich hätte seinen Befehl nicht richtig ausgeführt, entsetzte mich meines Amtes als Nahib und befahl mir, ihm alles Geld zu übersenden. Ich schickte ihm tausend Goldstücke, er aber sandte seine Muriden zu mir und beraubte mich meines ganzen Vermögens. Er forderte mich auf, zu ihm zu kommen, doch ich wußte, daß er mich töten wollte, und ging nicht hin. Er wollte mich nun mit Gewalt festnehmen lassen, doch ich schlug seine Leute zurück und ging zu Woronzow. Nur meine Familie konnte ich nicht mit mir nehmen. Meine Mutter, meine Frau und meine Kinder sind in seinen Händen. Sag' dem Sardar, daß, solange meine Familie sich dort befindet, ich nichts zu unternehmen vermag."

„Ich werde es ihm sagen," versetzte Loris Melikow.

„Nimm dich meiner an, bemühe dich für mich. Was mein ist, soll auch dein sein, nur tritt mir bei dem Fürsten für mich ein. Ich bin gefesselt und gebunden, und Schamyl hält das Ende des Strickes in der Hand."

Mit diesen Worten endete Chadschi Murat seinen Bericht an Loris Melikow.

Vierzehntes Kapitel

Am 20. Dezember schrieb der Statthalter Woronzow an den Kriegsminister Tschernyschew den nachfolgenden französisch abgefaßten Brief:

„Ich habe Ihnen, lieber Fürst, mit der letzten Post keinen Brief geschickt, da ich mir erst darüber klar werden wollte, was mit Chadschi Murat geschehen solle. Ich fühlte mich in den letzten zwei, drei Tagen nicht ganz wohl. In meinem letzten Briefe gab ich Ihnen von der Ankunft Chadschi Murats in Tiflis Nachricht. Er kam am 8. Dezember hier an; am Tage darauf machte ich seine Bekanntschaft und sprach ihn während der folgenden acht oder neun Tage häufig, wobei ich erwog, welche Dienste er uns in Zukunft wohl leisten könnte, vor allem aber, was jetzt mit ihm geschehen solle. Er ist in großer Sorge um das Schicksal seiner Familie und versichert unter allen Anzeichen echter Aufrichtigkeit, daß, solange seine Familie sich in Schamyls Händen befinde, er gelähmt sei und uns keine Dienste leisten, noch auch seine Dankbarkeit für den ihm zuteil gewordenen freundlichen Empfang und die ihm gewährte Verzeihung erweisen könne. Die Ungewißheit, in der er sich betreffs seiner Angehörigen befindet, versetzt ihn in einen fieberhaften Zustand, und die Personen, denen ich Auftrag gegeben habe, sich hier seiner anzunehmen und ihn im Auge zu behalten, versichern mir, daß er die Nächte schlaflos verbringe, fast gar nichts genieße, beständig bete und nur zu seiner Erholung täglich einen Ausritt in Begleitung einiger unserer Kosaken mache, was ihm um so mehr Bedürfnis ist, als er seit vielen Jahren an das Leben im Freien, in steter Bewegung, gewohnt ist. Jeden Tag erscheint er bei mir, um sich zu erkundigen, ob ich irgendwelche Nachrichten über seine Familie habe, und bittet mich, die Gefangenen, die an den einzelnen Grenzlinien von den Unsrigen gemacht werden, sammeln zu lassen und Schamyl zum Austausch anzubieten, erforderlichenfalls wolle er noch einiges Lösegeld hinzufügen, das er bei seinen Freunden aufzutreiben hoffe. Beständig liegt er mir in den Ohren: ›Rettet meine Familie, und dann gebt mir Gelegenheit, euch zu dienen, – am besten meint er, auf der lesghischen Linie, – und wenn ich nach Verlauf eines Monats euch dort nicht von ganz besonderem Nutzen gewesen bin, könnt ihr mich nach Gutdünken bestrafen.‹ Ich antwortete ihm, daß mir seine Vorschläge ganz annehmbar erschienen, daß aber bei uns sich verschiedene Persönlichkeiten befänden, die ihm nicht trauten, solange seine Familie in den Bergen verweile und nicht vielmehr sich als Geisel in unseren Händen befinde. Ich wolle alles, was in meiner Macht steht, tun, um an unseren Grenzen recht viele Gefangene zusammenzubringen, könne ihm aber für den Loskauf der Seinigen kein Geld bewilligen, ich hoffte jedoch, andere Mittel zu finden, um ihm und den Seinigen zu helfen. Hierauf sagte ich ihm ganz offen meine Meinung, daß Schamyl keinesfalls seine Familie ausliefern werde, daß er es ihm vielleicht versprechen und ihm volle Verzeihung und Wiedereinsetzung in sein früheres Amt zusichern werde, falls er zurückkehre, für den entgegengesetzten Fall aber ihm mit der Ermordung seiner Mutter, seiner Gattin und seiner sechs Kinder drohen werde. Ich fragte ihn, ob er mir offen sagen könne, was er tun würde, wenn er solch eine Nachricht von Schamyl erhielte. Chadschi Murat hob Augen und Hände zum Himmel empor und sagte, alles liege in Gottes Hand, er würde sich jedoch niemals seinem Feinde ausliefern, da er fest davon überzeugt sei, daß Schamyl ihm nicht verzeihen, sondern ihn über kurz oder lang töten würde. Was die Beseitigung seiner Familie anlange, so glaube er nicht, daß Schamyl so leicht darüber denke – erstens könne er nicht wünschen, daß er, Chadschi Murat, ihm ein noch schlimmerer Feind würde, als er ohnedies schon sei, und zweitens gebe es in Daghestan viele und sogar sehr einflußreiche Leute, die ihm entschieden davon abraten würden. Zum Schluß versicherte er mir nochmals und abermals, daß, welches auch der Wille Gottes für die Zukunft sei, ihn selbst für den Augenblick nur der Gedanke an den Loskauf der Seinigen beschäftige. Er bitte mich um Gottes willen, ihm zu helfen und ihn in die Tschetschna zurückkehren zu lassen, wo er mit Hilfe unserer Behörden sich mit seiner Familie in Verbindung setzen, Nachrichten über sie erhalten und auf Mittel zu ihrer Befreiung sinnen könne; er habe in jenem Teile des feindlichen Gebietes zahlreiche Freunde, selbst unter den Nahibs, könne in der teils von uns unterworfenen, teils neutralen Bevölkerung mit unserer Hilfe leicht Beziehungen anknüpfen, um das ihm Tag und Nacht vorschwebende Ziel zu erreichen, was ihm erst die nötige Ruhe geben würde, um wirksam für unsere Interessen einzutreten und unseres Vertrauens sich würdig zu machen. Er bittet, ihn mit einer Schar von zwanzig bis dreißig verwegenen Kosaken nach Glosnaja zurückzuschicken – diese Bedeckung würde ihm teils einerseits Schutz gegen seine Feinde gewähren, andererseits uns die Sicherheit geben, daß seine Absichten aufrichtig gemeint seien. Sie werden begreifen, lieber Fürst, daß alle diese Fragen mir Kopfzerbrechen machen und mir, ob ich sie so oder so entscheide, eine große Verantwortung auferlegen. Es wäre in hohem Maße unvorsichtig, diesem Menschen voll und ganz zu vertrauen; wollten wir ihm jede Möglichkeit einer Flucht abschneiden, dann müßten wir ihn einsperren, was nach meiner Meinung ungerecht und politisch unklug wäre. Die Kunde von einer solchen Maßregel würde sich bald in ganz Daghestan verbreiten und uns dort sehr schaden: sie würde alle diejenigen – ihre Zahl ist nicht gering –, die mehr oder weniger offen gegen Schamyl Partei zu nehmen bereit sind, arg entmutigen. Alle diese Leute sind in hohem Maße gespannt, wie sich wohl das Schicksal dieses tapfersten und unternehmendsten Imams, der sich unter dem Zwange der Verhältnisse uns ergeben mußte, bei uns gestalten wird. Würden wir Chadschi Murat einfach als Gefangenen behandeln, dann würde das in jenen Kreisen entschieden einen schlechten Eindruck machen. Ich glaube unter diesen Umständen so gehandelt zu haben, wie ich handeln mußte, wobei ich allerdings mir nicht verhehle, daß, falls es Chadschi Murat einfiele, uns wieder zu verlassen, mein Verfahren als ein irrtümliches erscheinen müßte. In solchen heiklen Situationen ist es schwer, wenn nicht gar unmöglich, einen bestimmten, geraden Weg einzuschlagen, ohne daß man dabei einen Fehlgriff und die damit verbundene große, schwere Verantwortung riskiert. Glaubt man dagegen, den einzig richtigen Weg gefunden zu haben, dann soll man ihn auch ohne Zögern einschlagen, komme, was da wolle. Ich bitte Sie, mein lieber Fürst, diese Erwägungen freundlichst dem Urteil Seiner Majestät des Kaisers zu unterbreiten, und ich werde mich glücklich schätzen, wenn unser erhabener Gebieter mein Verfahren gutheißt. Alles, was ich Ihnen oben schrieb, habe ich auch den Generalen Sawadowskij und Koslowskij mitgeteilt, welch letzterer unverzüglich sich mit Chadschi Murat in Verbindung setzen soll; dieser selbst ist davon benachrichtigt, daß er ohne Koslowskijs Erlaubnis nichts unternehmen und sich nirgends hinbegeben darf. Ich habe ihm erklärt, daß sein Vorschlag, ihm eine Anzahl unserer Kosaken beizugeben, mir recht wohl gefalle und ganz in unserem Interesse sei, da sonst Schamyl das Gerücht verbreiten würde, wir hielten Chadschi Murat hinter Schloß und Riegel fest. Ich habe ihm jedoch das Versprechen abgenommen, nie nach Wosdwischenskoje zu gehen, da mein Sohn, dem er sich anfänglich ergeben hat, und den er als seinen Freund betrachtet, nicht Kommandant dieses Platzes sei und dort leicht Mißverständnisse entstehen könnten. Zudem liege Wosdwischenskoje allzu nahe an einem Gebiete, das von einer zahlreichen, uns feindlich gesinnten Bevölkerung bewohnt wird, wogegen mir Grosnaja für die Anknüpfung der Beziehungen, die er einzuleiten gedenke, recht günstig gelegen scheine. Außer den zwanzig erlesenen Kosaken, die, wie er selbst wünscht, nicht einen Schritt von ihm weichen sollen, habe ich ihm den Rittmeister Loris Melikow, einen verdienstvollen, sehr klugen und tüchtigen Offizier, der das Tatarische beherrscht, beigegeben; er kennt Chadschi Murat gut, und dieser scheint Vertrauen zu ihm zu haben. Während der zehn Tage, die Chadschi Murat hier verbracht hat, wohnte er in demselben Hause mit dem Oberstleutnant Fürsten Tarchanow, dem Chef des Schuminskischen Kreises zusammen, der hier dienstlich zu tun hatte und als höchst ehrenhafter Mann mein vollstes Vertrauen besitzt. Auch ihm hat Chadschi Murat sein Vertrauen geschenkt, und da er das Tatarische sehr gut beherrscht, so konnte ich durch ihn mit Chadschi Murat über alle möglichen delikaten und vertraulichen Angelegenheiten verhandeln. Ich habe mit Tarchanow über Chadschi Murat beraten, und er stimmte mir vollkommen bei, daß ich entweder so verfahren mußte, wie ich es getan, oder daß ich ihn ins Gefängnis sperren und aufs strengste bewachen mußte, falls er nicht, wenn man schon einmal zu strengeren Maßregeln greifen will, überhaupt aus dem Lande geschafft werden soll. Solche strengere Maßregeln würden jedoch nicht nur den Vorteil, den wir aus dem zwischen Chadschi Murat und Schamyl entbrannten Streite ziehen können, ganz zunichte machen, sondern auch die Unzufriedenheit, die bereits unter den Bergbewohnern durch Schamyls

Auftreten hervorgerufen wurde und leicht zu einer Auflehnung gegen sein Regiment führen kann, im Keime ersticken. Fürst Tarchanow versicherte mir, er sei selbst persönlich von Chadschi Murats Aufrichtigkeit überzeugt; Chadschi Murat hege nicht den geringsten Zweifel, daß Schamyl ihm nie verzeihen und ihn trotz aller gegebenen Versprechen beseitigen würde, sobald er sich zu ihm zurückbegäbe. Das einzige Bedenken, das Fürst Tarchanow hatte, war, daß Schamyl vielleicht vom religiösen Standpunkte aus auf Chadschi Murat, der seinem Glauben sehr ergeben sei, zu wirken vermöchte; doch, wie ich bereits sagte: die Überzeugung, daß er bei Schamyl seines Lebens nicht sicher sei, ist bei Chadschi Murat unausrottbar.

Das ist alles, mein sehr verehrter Fürst, was ich Ihnen über diese Episode unserer hiesigen Angelegenheiten mitzuteilen hätte.“

Fünfzehntes Kapitel

Dieser Bericht wurde am 24. Dezember aus Tiflis abgesandt. Am Vorabend des Neujahrs 1852 überbrachte ein Feldjäger, nachdem er ein Dutzend Pferde müde gejagt und ebensoviele Postillone blutig geprügelt hatte, das Schreiben dem damaligen Kriegsminister Fürsten Tschernyschew, und am 1. Januar 1852 brachte Tschernyschew, als er sich zum Zaren Nikolaus zur Audienz begab, in seinem Portefeuille unter anderen Schriftstücken auch diesen Bericht Woronzows mit.

Tschernyschew liebte Woronzow nicht, sowohl wegen der allgemeinen Hochschätzung, deren Woronzow sich erfreute, als auch wegen seines Reichtums, sowie endlich darum, weil Woronzow ein echter Grandseigneur, er selbst aber nur ein Parvenü war – hauptsächlich jedoch, weil der Kaiser für Woronzow ein ganz besonderes Wohlwollen hegte. Mit Eifer nahm daher Tschernyschew jede Gelegenheit wahr, Woronzow beim Zaren nach Kräften anzuschwärzen. Bei seinem letzten Vortrag über die kaukasischen Angelegenheiten war es Tschernyschew gelungen, die Unzufriedenheit des Zaren mit Woronzows Maßnahmen zu erregen: infolge mangelnder Voraussicht auf seiten der Heeresleitung war nämlich, wie er zu berichten wußte, eine kleinere Kosakenabteilung von den Bergbewohnern aufgerieben worden. Jetzt hoffte er nun die Anordnungen, die Woronzow betreffs Chadschi Murats getroffen hatte, in einem schlechten Lichte erscheinen zu lassen. Er hoffte den Kaiser davon überzeugen zu können, daß Woronzow nicht richtig handelte, wenn er, in schwächlicher Nachgiebigkeit gegen die Wünsche der eingeborenen

Bevölkerung und offenbar zum Nachteil der russischen Sache, Chadschi Murat im Kaukasus beließ; es sei mehr als wahrscheinlich, daß Chadschi Murat nur gekommen sei, um die Stärke der russischen Streitkräfte zu erkunden. Jedenfalls sei es besser, Chadschi Murat irgendwo im Zentrum des Reiches zu internieren und seine Person erst dann auszuspielen, wenn seine Familie von russischer Seite ausgelöst wäre und man seines Gehorsams sicher sein könnte. Dieser Plan sollte Tschernyschew jedoch nicht gelingen, und zwar lediglich aus dem Grunde, weil Nikolaus am Morgen des 1. Januar sich in ganz besonders schlechter Laune befand und aus reinem Widerspruchsgeist jeden ihm unterbreiteten Vorschlag, was er auch enthalten, und von wem er auch ausgehen mochte, unbedingt verworfen hätte. Um so weniger war er geneigt, gerade auf Tschernyschews Plan einzugehen, den er auf seinem Posten nur duldete, weil er ihn vor der Hand für unersetzlich ansah, während er ihn tatsächlich für einen großen Schurken hielt, der, wie ihm wohl bekannt war, im Dekabristenprozeß seinen Schwager Sachar Tschernyschew ins Unglück stürzte, um sich hinterher seines Vermögens zu bemächtigen. Dank der schlechten Laune des Zaren Nikolaus also durfte Chadschi Murat im Kaukasus bleiben, und sein Schicksal blieb unverändert, während es sicherlich eine andere Wendung genommen hätte, wenn Tschernyschew seinen Bericht zu einer anderen Zeit gehalten hätte.

Es war gegen halb zehn Uhr, als Tschernyschews dicker, bärtiger Kutscher in seiner himmelblauen spitzkantigen Samtmütze, im Nebel eines zwanziggradigen Frostes, auf dem Bock des eleganten kleinen Schlittens à la Nikolaus am Eingang des Winterpalais hielt und dem ihm befreundeten Kutscher des Fürsten Dolgoruki zunickte, der seinen Herrn bereits vor einer ganzen Weile hergebracht hatte und nun, die Zügel unter dem dick auswattierten Gesäß, vor der Anfahrt wartend sich die erfrorenen Hände rieb. Tschernyschew trug einen Mantel mit weichem grauem Biberkragen über der Uniform und einen Dreispitz mit Hahnenfedern auf dem Kopfe. Er schlug das Schutzleder aus Bärenfell zurück, streckte vorsichtig die erfrorenen Beine aus dem Schlitten, setzte die sporenklingenden Stiefel, die, wie er mit Stolz sich zu rühmen pflegte, noch nie in Galoschen gesteckt hatten, rüstig auf den Läufer und schritt nach der Eingangstür zu, die der Schweizer ehrerbietig vor ihm öffnete. Im Vorzimmer übergab er seinen Mantel dem auf ihn dienstfertig zueilenden alten Kammerdiener, trat vor den Spiegel und nahm vorsichtig den Hut von der gekräuselten Perücke. Als er sein Äußeres im Spiegel gemustert und mit gewohnter Handbewegung seine Frisur an Scheitel und Schläfen geglättet, sowie das Kreuz am Halse, die Achselstücke und die großen Epauletten mit dem

Namenszug des Kaisers zurechtgerückt hatte, stieg er, mit den alterssteifen Beinen vorsichtig ausschreitend, die teppichbelegte steile Treppe hinan. An den in Paradeuniform vor den Türen stehenden, sich tief verneigenden Hoflakaien vorüber gelangte Tschernyschew in den Audienzsaal. Der diensttuende Flügeladjutant, der soeben erst zu dieser Würde ernannt worden war, trat ihm, über das ganze, noch nicht abgelebte, schnurrbartgezierte Antlitz strahlend, in der funkelnagelneuen, mit Epauletten und Achselstücken geschmückten Uniform ehrerbietig entgegen.

Fürst Wassilij Dolgoruki, der Gehilfe des Kriegsministers, begrüßte diesen mit einem gelangweilten Ausdruck in dem geistlosen Gesichte, dessen Backenbart, Schnurrbart und Schläfenhaar genau nach dem Vorbild des Kaisers zugeschnitten war.

„*L'Empereur!*" wandte sich Tschernyschew an den Flügeladjutanten, während er einen fragenden Blick nach der Tür des Kabinetts warf.

„*Sa Majesté vient de rentrer,*" sagte der Flügeladjutant, offenbar mit Wohlgefallen dem Klange seiner eigenen Stimme lauschend. Mit weichem Schritt, so gleichmäßig hinschwebend, daß aus einem auf seinen Kopf gestellten vollen Glase Wasser nicht ein Tropfen verschüttet worden wäre, trat er, in seinem ganzen Wesen die Hochachtung vor dem Raume ausdrückend, den er zu betreten im Begriff stand, auf die Kabinettür zu, öffnete sie lautlos und verschwand hinter ihr.

Dolgoruki hatte inzwischen sein Portefeuille geöffnet und in den darin befindlichen Schriftstücken geblättert.

Tschernyschew ging mit düsterer Miene im Zimmer auf und ab, streckte seine Beine und faßte in Gedanken noch einmal alles zusammen, was er dem Kaiser vortragen wollte. Er ging gerade an der Tür des Kabinetts vorbei, als diese sich wieder öffnete und der Flügeladjutant, noch strahlender und ehrerbietiger als vorher, aus ihr heraustrat. Mit einer einladenden Handbewegung bedeutete er dem Minister und seinem Gehilfen, daß sie eintreten möchten.

Das Winterpalais war nach dem Brande längst wieder restauriert, doch Zar Nikolaus bewohnte immer noch ausschließlich die Etage. Das Kabinett, in dem er die Minister und sonstigen zum Vortrag befohlenen hohen Würdenträger empfing, war ein sehr hoher Raum mit vier großen Fenstern. Ein großes Porträt Kaiser Alexanders I. hing an der Hauptwand. Zwischen den Fenstern befanden sich zwei Pulte, an den Wänden einige Stühle. In der Mitte des Zimmers stand ein mächtiger Schreibtisch, davor der Sessel des Kaisers und daneben ein paar Stühle für die zum Vortrag Befohlenen.

Zar Nikolaus saß in einem schwarzen Uniformrocke mit dünnen Achselschnüren, ohne Epauletten am Tische, streckte die breite, prall eingezwängte Brust über dem starken Embonpoint weit vor und sah die Eintretenden mit seinem leblosen Blicke starr an. Das lange weiße Gesicht mit der mächtigen, vorspringenden Stirn, die über dem glatt angekämmten Schläfenhaar hoch aufstieg und sich unter der an die Haarreste geschickt angepaßten Perücke in einer Glatze fortsetzte, erschien heute ganz besonders kalt und unbeweglich. Seine auch sonst stets trüb blickenden Augen schauten heute noch trüber drein, und die unter dem spitz nach oben gedrehten Schnurrbart hervortretenden welken, alten Lippen, die durch den hohen Kragen festgehaltenen frischrasierten, feisten Wangen mit den übriggelassenen Backenbartstreifen und das in den Kragen eingezwängte Kinn verliehen seinem Gesichte den Ausdruck der Unzufriedenheit, ja sogar des Zornes. Seine schlechte Stimmung hatte in starker Übermüdung ihren Grund. Die Ursache der Übermüdung aber war, daß er am Abend vorher an einer Redute teilgenommen hatte, wo er sich, wie gewöhnlich, in seinem adlergeschmückten Chevaliergardehelm unter das Publikum gemischt hatte, das einerseits nach ihm hindrängte, andererseits vor seiner riesigen, selbstbewußten Gestalt scheu zur Seite auswich. Er war da wieder jener Maske begegnet, die schon bei der letzten Redute durch ihre elegante Figur und ihre wohlklingende Stimme seine greisenhafte Sinnlichkeit erregt hatte, dann aber, nachdem sie versprochen, auch den nächsten Ball wieder zu besuchen, ihm plötzlich entschlüpft war. Gestern nun war sie wieder an ihn herangetreten, und da hatte er sie nicht mehr losgelassen. Er hatte sie nach der eigens für diesen Zweck bereitgehaltenen Loge geführt, in der er mit ihr allein verweilen konnte. Schweigend war er bis zur Tür der Loge gelangt und sah sich nach dem Logenschließer um, der jedoch unsichtbar blieb. Stirnrunzelnd wartete er einen Augenblick, stieß dann selbst die Tür der Loge auf und ließ seiner Dame den Vortritt.

„*Il y a quelqu'un*," sagte die Dame und blieb stehen.

Die Loge war in der Tat besetzt: auf dem kleinen Samtdiwan saßen dicht nebeneinander ein Ulanenoffizier und eine hübsche, junge, blondlockige Frau im Domino, ohne Maske. Beim Anblick der in ihrer ganzen Größe vor ihr stehenden, grimmig Furcht einflößenden Gestalt des Zaren steckte die blonde Frau rasch die Maske vor das Gesicht, während der Ulanenoffizier, ganz starr vor Entsetzen, den Kaiser mit offenem Munde ansah und das Aufstehen vergaß.

So sehr auch Nikolaus gewöhnt war, das Gefühl der Angst und des Entsetzens in den Menschen zu erregen, so bereitete ihm diese Wirkung seiner

Persönlichkeit doch stets von neuem ein besonderes Vergnügen, und er liebte es zuweilen, im Gegensatz zu dieser Wirkung seiner Person, die Erschreckten durch um so freundlichere Worte in Erstaunen zu setzen. Auch diesmal gefiel er sich darin, diesen Kontrast hervorzurufen.

„Nun, lieber Freund, du bist jünger als ich," sagte er zu dem vor Schreck erstarrten Offizier, „du kannst mir einen Platz für ein Weilchen abtreten."

Der Offizier sprang auf und verließ, abwechselnd errötend und erbleichend, mit einem tiefen Bückling hinter seiner Maske her, die Loge, während Nikolaus mit seiner Dame allein blieb.

Die Maske war, wie sich herausstellte, ein auffallend hübsches, unschuldiges junges Mädchen von zwanzig Jahren, die Tochter einer schwedischen Gouvernante. Sie erzählte dem Zaren, daß sie sich schon als kleines Mädchen in sein Bild verliebt, ihn stets vergöttert und sich vorgenommen habe, um jeden Preis seine Aufmerksamkeit zu erregen. Nun, da sie dieses Ziel erreicht, erklärte sie, keine weiteren Wünsche zu hegen. Das Mädchen wurde nach dem Ort gebracht, der für derartige Zusammenkünfte des Kaisers mit weiblichen Personen bestimmt war, und die hier angeknüpfte Liaison hat ihn wohl über ein Jahr in ihren Fesseln gehalten.

Als er in dieser Nacht in sein Schlafzimmer zurückgekehrt war und sich auf seinem schmalen, harten Feldbett ausgestreckt hatte, konnte er unter dem Soldatenmantel, der ihm als Bettdecke diente, und den er selbst für mindestens so berühmt hielt wie den berühmten Hut Napoleons, lange Zeit keinen Schlaf finden. Er stellte sich bald das halb scheue, halb und halb verzückte Gesichtchen dieses jungen Mädchens, bald die üppigen Schultern seiner ständigen Geliebten, der Nelidowa, vor und verglich beide miteinander. Der Gedanke, daß die Ausschweifungen eines verheirateten Mannes aller Sittlichkeit ins Gesicht schlugen, lag ihm himmelweit fern, und er wäre im höchsten Maße erstaunt gewesen, wenn ihm jemand deshalb ein Wort des Tadels gesagt hätte. Obschon er nun fest davon überzeugt war, daß niemand an seiner Handlungsweise etwas aussetzen konnte, hatte er doch einen etwas bitteren Nachgeschmack davon, und um diesen loszuwerden, bediente er sich eines Mittels, das ihn stets ganz außerordentlich beruhigte: er begann darüber nachzudenken, was für ein großer Mann er doch im Grunde genommen sei.

Obwohl er erst sehr spät eingeschlafen war, stand er doch bereits in der achten Stunde auf, machte seine gewohnte Toilette, rieb den großen, feisten Körper mit Eis ab und verrichtete seine Morgengebete in der von Kindheit auf gewohnten Zusammenstellung: zuerst das Gebet an die Mutter Gottes, dann das

Glaubensbekenntnis und hierauf das Vaterunser – ohne sich im übrigen bei den Worten, die seine Lippen murmelten, auch nur das Geringste zu denken. Nachdem er sich so für den Tag vorbereitet hatte, verließ er durch den kleinen Ausgang das Palais und begab sich nach dem Newaquai, um seinen gewohnten Morgenspaziergang zu machen.

Auf dem Quai war ihm ein junger Hörer der Rechtsschule, in Uniform und Hut, begegnet – ein Mensch von der gleichen Riesengestalt wie er selbst. Als Zar Nikolaus die Uniform des Instituts erblickte, die er wegen der unter den Schülern herrschenden freien Gesinnung gar nicht leiden mochte, runzelte er unzufrieden die Stirn. Aber die stattliche Erscheinung des Rechtsschülers, seine stramme Haltung und das streng vorschriftsmäßige Vorstrecken des Ellbogens beim Honneur besänftigten seine Unzufriedenheit ein wenig.

„Wie heißt du?“ fragte er den jungen Riesen.

„Polossatow, Ew. Majestät.“

„Bist ein strammer Bursche.“

Der Schüler stand mit der Hand am Hute da, ohne sich zu rühren. Der Kaiser trat auf ihn zu.

„Willst du Offizier werden?“

„Zu Befehl – nein, Ew. Majestät.“

„Tölpel!“ sagte Nikolaus und wandte sich ab. Während er weiterging, sprach er das erste beste Wort, das ihm auf die Lippen kam, laut vor sich hin. „Kopperwein, Kopperwein“, wiederholte er mehrmals – es war der Name des Mädchens, das er gestern kennen gelernt hatte. „Zu dumm, zu dumm,“ sagte er dann, ohne weiter über den Sinn der Worte, die er mechanisch hervorstieß, weiter nachzudenken. „Ja, was wäre Rußland ohne mich!“ fuhr er in seinem Selbstgespräch fort, als er fühlte, daß in seiner Seele wieder jenes unzufriedene Empfinden aufstieg. „Ja, was wäre Rußland, was wäre Europa ohne mich!“ und er gedachte seines Schwagers, des Königs von Preußen, und seiner Schwäche und Beschränktheit und schüttelte den Kopf.

Als er nach dem Palais zurückkehrte, sah er an der Saltykowauffahrt den Wagen der Großfürstin Helena Pawlowna mit dem Lakaien in der roten Livree auf dem Bock.

Helena Pawlowna war für ihn die Verkörperung jener hohlköpfigen, überflüssigen Leute, die nicht nur über Wissenschaft und Dichtkunst, sondern auch über die Kunst des Regierens grübelten und sannen und sich einbildeten, sich selbst besser regieren zu können, als er, Nikolaus, sie regierte. Er wußte, daß diese Leute, so sehr er sich auch bemühte, sie unterzuducken, doch immer und immer wieder an die Oberfläche emportauchten. Er gedachte seines jüngst verstorbenen Bruders Michail Pawlowitsch, und ein Gefühl des Unwillens und der Niedergeschlagenheit überkam ihn. Er machte ein finsteres Gesicht und begann wieder, das erste beste Wort vor sich hinzuflüstern. Er hörte erst auf zu flüstern, als er das Palais längst betreten hatte. In seinem Schlafgemach glättete er vor dem Spiegel Backenbart, Scheitel und Schläfenhaar, drehte seine Schnurrbartspitzen nach und begab sich darauf in das Kabinett, in dem er die Vorträge der Minister entgegenzunehmen pflegte.

Der Kriegsminister wurde zuerst von ihm empfangen. Tschernyschew sah sogleich am Gesichte und vor allem an den Augen des Zaren, daß dieser heute ganz besonders mißlaunig war. Er wußte von den gestrigen Erlebnissen des Kaisers und erriet daher auch sogleich den Grund der schlechten Stimmung. Der Kaiser begrüßte Tschernyschew kühl, forderte ihn auf, sich zu setzen, und richtete seine leblosen Augen auf ihn. Die erste Angelegenheit, die Tschernyschew vorbrachte, war eine umfangreiche Unterschlagung, die von einigen Intendanturbeamten begangen worden war; dann kam eine Dislozierung der an der preußischen Grenze liegenden Truppenteile zur Sprache, worauf noch eine Anzahl von nachträglichen Neujahrsgratifikationen für solche Leute, die in der ersten Liste übergangen worden waren, zur Genehmigung gelangte. Die nächste Sache war der Bericht Woronzows über die Ankunft Chadschi Murats in Tiflis, und zu allerletzt kam dann noch die unangenehme Affäre eines Studenten der medizinischen Akademie zur Sprache, der ein Attentat auf einen Professor verübt hatte.

Schweigend, mit zusammengepreßten Lippen, die große weiße Hand mit dem einen Goldreif am Ringfinger über die vor ihm liegenden Papierblätter hinführend, hörte Nikolaus den Bericht über die spitzbübischen Intendanturbeamten an, ohne auch nur einen Blick von der Stirn und dem Scheitel Tschernyschews zu verwenden.

Nikolaus war fest davon überzeugt, daß alle Welt in Rußland stehle. Er wußte, daß er diese Intendanturbeamten bestrafen mußte, und er hatte bereits bei sich entschieden, daß sie alle miteinander als gemeine Soldaten in irgendein Regiment einzustellen seien, aber er wußte auch, daß dies ihre Nachfolger durchaus nicht davon abhalten würde, gleichfalls zu stehlen. Es war eben einmal die Eigenart der Beamten, zu stehlen, wie es seine Pflicht war, sie dafür zu bestrafen, und so sehr er dessen auch schon überdrüssig war, so erfüllte er doch diese seine Pflicht mit ruhigem Gewissen.

„Es gibt eben bei uns in Rußland nur einen einzigen ehrlichen Menschen,“ sagte er.

Tschernyschew verstand sogleich, daß er mit diesem einzigen ehrlichen Menschen sich selbst meinte, und lächelte beifällig.

„So ist's, Ew. Kaiserliche Majestät,“ sagte er.

„Gib her, ich will meine Resolution daneben schreiben,“ sprach Nikolaus, nahm das Aktenstück und legte es links neben sich auf den Tisch.

Hierauf hielt Tschernyschew über die Gratifikationen und die Verlegung der Truppen Vortrag.

Nikolaus sah die Liste der vom Minister für die Gratifikationen vorgeschlagenen Personen durch, strich einige Namen darin und verfügte dann kurz und resolut die Verlegung zweier Divisionen an die preußische Grenze. Er konnte es dem Könige von Preußen nicht verzeihen, daß er nach dem Jahre 48 seinem Lande eine Konstitution verliehen hatte, und hielt es trotz aller Freundschaftsversicherungen, die er in seinen Briefen an diesen seinen Schwager zum Ausdruck brachte, doch für geraten, auf jeden Fall an der preußischen Grenze die nötige Truppenzahl beisammen zu haben. Diese Truppen konnten unter Umständen auch Verwendung finden, falls etwa in Preußen ein Volksaufruhr – Nikolaus witterte überall den Aufruhr – stattfinden sollte, seine Krieger würden dann den Thron des Schwagers ebenso beschützt haben, wie sie seinerzeit den österreichischen Kaiser gegen Ungarn beschützt hatten. Auch waren diese verstärkten Truppenkontingente wohl vonnöten, um seinen verwandtschaftlichen Ratschlägen beim Könige von Preußen größeres Gewicht zu verleihen.

„Ja, wie stände es wohl jetzt um Rußland, wenn ich nicht wäre!“ dachte er wiederum.

„Nun, was gibt es noch weiter?“ sagte er dann.

„Aus dem Kaukasus ist ein Kurier angekommen,“ begann Tschernyschew und erstattete seinen Bericht darüber, was Woronzow über Chadschi Murat und seinen Übertritt zu den Russen gemeldet hatte.

„Sieh da!“ sprach Nikolaus, „das ist ja ein ganz hübscher Anfang.“

„Der Kriegsplan, den Ew. Majestät entworfen haben, beginnt seine Früchte zu zeitigen,“ sagte Tschernyschew.

Dieses Lob seiner strategischen Fähigkeiten war Nikolaus ganz besonders angenehm, obschon er im Grunde seiner Seele fühlte, daß sie gar nicht vorhanden waren. Aber er legte nun einmal Wert darauf, auch als großer Stratege zu gelten, und wollte das ihm gespendete Lob recht ausgiebig genießen.

„Wie denkst du eigentlich über meinen Plan?“ fragte er den Minister.

„Ich denke, daß der Kaukasus längst unterworfen wäre, wenn man den Plan Ew. Majestät, allmählich, wenn auch langsam, vorzudringen, indem man die Wälder niederschlägt und dem Feinde die Möglichkeit der Verproviantierung benimmt, schon früher zur Ausführung gebracht hätte. Daß Chadschi Murat sich ergeben hat, führe ich nur darauf zurück. Er ist zu der Einsicht gelangt, daß er sich nicht länger halten kann.“

„Ganz richtig,“ sagte Nikolaus.

Der Plan, nur allmählich, unter Ausrodung der Wälder und Abschneidung der Zufuhr, in das Gebiet des Feindes einzudringen, stammte tatsächlich von den Generalen Jermolow und Weljaminow, und er stand zum Kriegsplane des Zaren in schroffem Gegensatz, der vielmehr darauf abzielte, Schamyls Residenz durch einen großen Coup in russische Gewalt zu bringen und dieses Räubernest zu zerstören. Nach diesem Plane des Zaren war auch die im Jahre 1845 ausgerüstete Expedition gegen Dargo unternommen worden, die so viele Menschenleben gekostet hatte. Gleichwohl schrieb Zar Nikolaus auch jenen andern Plan, das Land in langsamem Vordringen, unter allmählicher Niederlegung der Wälder und Aushungerung der Bevölkerung, zu erobern, sich selbst zu. Man hätte meinen sollen, daß, wenn er diese letztere Art des Vorgehens zu der seinigen machte, er unbedingt wünschen mußte, sein lebhaftes Eintreten für die auf einem ganz entgegengesetzten Gedanken beruhende Expedition von 1845 vergessen zu machen. Er legte hierauf jedoch nicht den geringsten Wert, sondern war auf beide Pläne, die nach seiner Meinung ihn persönlich zum Urheber hatten, in gleicher Weise stolz, obschon sie beide miteinander in schroffem Widerspruch standen. Die beständige offenkundige, den Tatsachen ins Gesicht schlagende, grobe Schmeichelei, deren sich seine Umgebung ihm gegenüber befleißigte, hatte ihn so weit gebracht, daß er die Widersprüche in seinem Handeln nicht mehr sah, daß er nicht merkte, wie seine Worte und Taten aller Logik und alles gesunden Menschenverstandes spotteten, und fest davon überzeugt war, daß alle seine Anordnungen, so unvernünftig, ungerecht und unlogisch sie auch sein mochten, einzig dadurch, daß sie von ihm ausgingen, vernünftig, gerecht und logisch wurden.

Das trat auch jetzt wieder bei seiner Entscheidung in Sachen jenes Studenten der medizinisch-chirurgischen Akademie zutage, über dessen Affäre ihm Tschernyschew nach seinem Bericht über die kaukasischen Angelegenheiten Vortrag hielt.

Der Tatbestand war folgender: Der junge Mann war bereits zweimal im Examen durchgefallen, und als nun der Examinator ihn zum drittenmal durchfallen ließ, ergriff der krankhaft nervös veranlagte Prüfling, in der Meinung, daß er ungerecht behandelt werde, ein auf dem Tische liegendes Federmesser und brachte damit in einem Anfall von Raserei dem Professor einige unbedeutende Wunden bei.

„Wie heißt der Bursche?“ fragte Nikolaus.

„Brzozowski, Ew. Majestät.“

„Ein Pole, wie?“

„Er ist polnischer Abstammung und Katholik,“ antwortete Tschernyschew.

Nikolaus runzelte die Stirn. Er hatte den Polen schweres Unrecht zugefügt, und um dieses Unrecht zu rechtfertigen, mußte er sich die Überzeugung erhalten, daß alle Polen Schurken seien. Und er hielt sie in der Tat dafür und haßte sie: er haßte sie in dem Maße, wie er ihnen unrecht getan hatte.

„Warte ein Weilchen,“ sagte er, schloß die Augen und senkte den Kopf.

Tschernyschew kannte diese Gewohnheit des Zaren, sich, wenn es galt, irgendeine wichtige Angelegenheit zu entscheiden, für einige Augenblicke zu konzentrieren, als wenn eine Erleuchtung über ihn käme und eine innere Stimme ihm sagte, was er zu tun habe. Die so zustande gekommene Entscheidung sollte gleichsam von selbst erwachsen und über jeden Zweifel erhaben scheinen. Auch diesmal sann er in solcher Selbstversunkenheit über eine Entscheidung nach, die seinem durch das Verhalten dieses Studenten neubelebten Hasse gegen das Polentum Befriedigung gewährte, und die innere Stimme fand denn auch eine Lösung, die diese Zwecke erfüllte. Er nahm den schriftlichen Bericht des Ministers über die Angelegenheit des Studenten zur Hand und machte dazu in seiner unnatürlich großen Schrift die nachfolgende Marginalbemerkung:

„Er verdient die Todesstrafe. Doch gibt es bei uns, Gott sei Dank, keine Todesstrafe. Und es ist nicht mein Wille, sie einzuführen. Er soll zwölfmal an tausend Mann vorübergeführt werden. Nikolaus.“

Nikolaus wußte, daß zwölftausend Spießrutenhiebe einen qualvollen, sicheren Tod bedeuteten, ja daß schon die Verhängung einer solchen Strafe geradezu eine wollüstige Grausamkeit dokumentierte, da bereits fünftausend Hiebe genügten, um den stärksten Mann zu töten. Aber es bereitete ihm eben einen besonderen Genuß, unerbittlich grausam zu sein und sich dabei sagen zu können, daß es „bei uns keine Todesstrafe gebe“.

Nachdem er seine Resolution betreffs des Studenten hingeschrieben hatte, schob er das Schriftstück wieder dem Minister hin.

„Da – lies," sagte der Zar.

Tschernyschew las die Randbemerkung und nickte zum Zeichen seines ehrerbietigen Erstaunens über die Weisheit der gefällten Entscheidung mit dem Kopfe.

„Ja – und alle Studenten sollen auf den Platz geführt werden und der Exekution beiwohnen," fügte Nikolaus hinzu und dachte dabei im stillen: „Es kann ihnen nicht schaden – ich will diesen revolutionären Geist mit der Wurzel ausrotten."

„Zu Befehl," sagte Tschernyschew, schwieg dann ein Weilchen und kam nochmals auf seinen Bericht über die kaukasischen Vorgänge zurück.

„Was befehlen also Ew. Majestät an den Fürsten Woronzow zu schreiben?"

„Er soll sich streng an mein System halten – soll ihre Wohnstätten zerstören, soll der Tschetschna die Verproviantierung unmöglich machen und sie immer wieder durch Überfälle beunruhigen," sagte Nikolaus.

„Und was soll betreffs Chadschi Murats geschehen?" fragte Tschernyschew.

„Nun, Woronzow schreibt doch, daß er sich im Kaukasus seiner Person bedienen will."

„Ist das nicht zu gewagt?" versetzte Tschernyschew, indem er dem Blicke des Kaisers auszuweichen suchte. „Ich fürchte, daß der Statthalter zu vertrauensselig ist."

„Und was meinst du denn?" fragte Nikolaus, der Tschernyschews Absicht, den Vorschlag Woronzows in ungünstigem Lichte darzustellen, sehr wohl durchschaute.

„Ich meine, daß es entschieden ungefährlicher ist, ihn nach Rußland zu senden."

„So – das meinst du!" sagte Nikolaus spöttisch. „Ich aber meine das nicht, sondern gebe Woronzow recht. Schreib' ihm in diesem Sinne."

„Zu Befehl," sagte Tschernyschew, stand auf und verneigte sich zum Abschied.

Auch Dolgoruki, der während der ganzen Audienz nur als Antwort auf eine Frage des Zaren ein paar Worte über die Truppenverschiebungen an der Westgrenze geäußert hatte, verabschiedete sich vom Kaiser.

Nach Tschernyschew kam der Generalgouverneur der Westprovinzen, Bibikow, zum Wort. Er berichtete über die Maßnahmen, die er gegen die aufrührerischen, der Bekehrung zum orthodoxen Glauben widerstrebenden Bauern angewandt hatte, und der Kaiser billigte diese Maßnahmen und befahl ihm, alle diejenigen, die den Gehorsam verweigerten, vor ein Kriegsgericht zu stellen. Das hieß nichts mehr und nichts weniger, als sie zum Spießrutenlaufen verurteilen. Einen Zeitungsredakteur, der in seinem Blatte, den Tatsachen gemäß, berichtet hatte, daß auf Befehl des Kaisers einige Tausend Staatsbauern in Apanagebauern umgeschrieben worden seien, befahl er, als gemeinen Soldaten in ein Regiment zu stecken.

„Wenn ich die Bauern habe umschreiben lassen, so geschah es darum, weil ich diese Maßregel für notwendig hielt", sagte der Zar. „Jedenfalls gestatte ich nicht, daß jemand darüber räsonniert."

Bibikow begriff sehr wohl die ganze Grausamkeit der Anordnung, daß die zur unierten Kirche gehörenden Bauern, falls sie nicht zur russischen Kirche übertraten, vor ein Kriegsgericht kommen sollten. Er begriff auch, welche Ungerechtigkeit darin lag, daß jene Staatsbauern – die einzige Kategorie von freien Bauern, die es zu jener Zeit in Rußland gab – nun plötzlich in Apanagebauern, das heißt in Leibeigene der kaiserlichen Familie, umgewandelt werden sollten. Er durfte es jedoch nicht wagen, gegen diese Anordnungen einen Einwand zu erheben. Dem Kaiser zu widersprechen, hieß für ihn nichts anderes, als sich der glänzenden Position berauben, die er durch so viele Jahre innegehabt und weidlich ausgenützt hat. Er verneigte daher gehorsam seinen dunklen graumelierten Kopf, zum Zeichen, daß er bereit sei, die kaiserlichen Befehle, die ebenso grausam wie unvernünftig und eigennützig waren, zur Ausführung zu bringen.

Als Bibikow entlassen war, streckte Nikolaus im Bewußtsein seiner redlich erfüllten Pflicht behaglich seine Glieder, sah auf die Uhr und erhob sich, um sich in den Empfangssaal zu begeben. Er legte seine Uniform mit den Epauletten, den Orden und dem großen Band um und trat in den Saal hinaus, in dem bereits über hundert Menschen, Herren in Uniform und Damen in kostbaren ausgeschnittenen Kleidern, sich in festbestimmter Ordnung aufgestellt hatten, um zitternd und zagend das Erscheinen des Gewaltigen zu erwarten.

Mit leblosem Blick, die Brust weit vorstreckend und den eingeschnürten feisten Leib nach Möglichkeit einziehend, trat er zu den seiner Harrenden hinaus. Er fühlte, daß aller Augen mit dem Ausdruck sklavischer Demut auf ihn gerichtet waren, und nahm eine noch feierlichere Miene an. Da und dort fiel ihm ein bekanntes Gesicht auf, er suchte sich zu erinnern, wen er vor sich habe, blieb stehen, sprach auf russisch oder französisch ein paar Worte und hörte mit einem kalten Ausdruck der leblosen Augen die Erwiderung des Angesprochenen an.

Nachdem der Zar die Glückwünsche zum neuen Jahre empfangen, begab er sich in die Kirche. Wie die Menschen da drinnen im Empfangssaal, so hieß nun auch Gott ihn durch seine Diener willkommen, und er nahm die ihm von den Würdenträgern der Kirche entgegengebrachten Huldigungen, obgleich er sie schon bis zum Überdrusse oft vernommen hatte, mit Genugtuung entgegen. Alles das mußte so sein, weil von ihm das Heil und Glück der ganzen Welt abhing, und wenn die Sache ihn auch ein wenig angriff, so wollte er doch der Welt seine guten Dienste nicht vorenthalten.

Als nach Beendigung des Hauptgottesdienstes der prächtig angezogene, glattgescheitelte Diakon das Zarenlied „Viel Jahre lang" anstimmte und der Sängerchor mit seinen herrlichen Stimmen melodisch einfiel, ließ Nikolaus seinen Blick durch das Gotteshaus schweifen und bemerkte an einem der Fenster die Nelidowa mit ihren prächtigen Schultern. Er verglich sie noch einmal mit dem jungen Mädchen von gestern, und der Vergleich fiel nicht zugunsten der kleinen Schwärmerin aus.

Nach dem Gottesdienste begab sich Nikolaus zur Kaiserin und brachte, mit seinen Kindern und seiner Gemahlin scherzend, einige Minuten im Familienkreise zu. Dann ging er durch die Eremitage zum Hausminister Wolkonskij und wies ihn unter anderem an, aus seiner Privatschatulle der Mutter des jungen Mädchens von gestern eine Jahrespension zu zahlen. Von dort aus unternahm er seinen gewohnten Spaziergang.

Das Diner wurde an jenem Tage im Pompejanischen Saale eingenommen; außer den jüngeren Söhnen des Zaren und des Großfürsten Michail waren der Baron Lieven, Graf Rzewuski, Dolgoruki, der preußische Gesandte und der Flügeladjutant des Königs von Preußen zur Tafel geladen.

Während die Gäste die Ankunft des Kaiserpaares erwarteten, hatten Baron Lieven und der preußische Gesandte miteinander ein interessantes Gespräch über die letzten alarmierenden Nachrichten, die aus Polen eingegangen waren.

„La Pologne et le Caucase sont les deux cancers de la Russie," sagte Lieven. *„Il nous faut 100 000 hommes à peu près dans chacun de ces deux pays."*

Der Gesandte stellte sich höchst verwundert über diese Mitteilung.

„Vous dites, la Pologne . . ." sagte er.

„Oui, oui, c'était un coup de maître de Metternich de nous en avoir laissé l'embarras . . ."

In diesem Augenblick trat die Kaiserin mit dem wackelnden Kopfe und dem erstarrten Lächeln im Gesichte ein, und gleich nach ihr kam auch Nikolaus.

Bei Tisch erzählte Nikolaus von der Waffenstreckung Chadschi Murats. Er fügte hinzu, daß der Krieg im Kaukasus nun wohl bald infolge seines Befehls, die

Bergbewohner durch Niederschlagen des Waldes und Errichtung eines Festungsgürtels zurückzudrängen, ein Ende nehmen werde.

Der Gesandte warf dem Flügeladjutanten einen Blick zu, noch an diesem Morgen hatten sie miteinander über die unglückliche Schwäche des Zaren, sich für einen großen Strategen zu halten, gesprochen. Jetzt erging sich der Gesandte in lauten Lobeserhebungen über den Kriegsplan des Zaren, der wieder einmal seine glänzende strategische Begabung ins rechte Licht gesetzt habe.

Nach dem Diner begab sich Nikolaus ins Ballett, wo ein ganzes Hundert nackter, nur mit Trikots bekleideter Frauen an ihm vorübermarschierte. Eine der Ballettdamen gefiel ihm ganz besonders, und er ließ den deutschen Ballettmeister in seine Loge kommen, dankte ihm für den Genuß, den er ihm bereitet, und ließ ihm einen Brillantring als Geschenk überreichen.

Als am nächsten Tage Tschernyschew wieder zum Vortrag erschien, schärfte Nikolaus ihm nochmals ganz besonders ein, er solle Woronzow dahin instruieren, daß er jetzt, nachdem Chadschi Murat zu den Russen übergegangen, mit verstärktem Nachdruck die Tschetschna beunruhigen und sie durch einen Kordon einschließen solle.

Tschernyschew schrieb in diesem Sinne an Woronzow, und der zweite Kurier begab sich, wieder ein Dutzend Pferde zu schanden fahrend und ebenso viele Postillone blutig prügelnd, mit seinem Bescheid nach Tiflis zurück.

Sechzehntes Kapitel

In Ausführung dieses Befehls des Zaren Nikolaus wurde sogleich im Januar 1852 ein Überfall auf die Tschetschna unternommen.

Die Truppenabteilung, die mit der Ausführung des Unternehmens beauftragt war, bestand aus vier Bataillonen Infanterie, zweihundert Kosaken und acht Geschützen. Die Kolonne marschierte auf der Heerstraße. Zu beiden Seiten der Kolonne nahmen in ununterbrochener Kette die Jäger in ihren hohen Stiefeln, Halbpelzen und Lammfellmützen, die Büchse auf dem Rücken und die Patronentasche am Bandelier, über Berg und Tal ihren Weg. Wie immer, bewegte sich die Abteilung unter Beobachtung möglichster Stille im Feindesgebiet vorwärts. Nur von Zeit zu Zeit ließ sich beim Herüberschaffen der Geschütze über einen Graben leises Gepolter vernehmen, ab und zu wieherte oder schnaubte ein Artilleriepferd, das den Befehl, es solle in aller Stille marschiert werden, nicht verstand, oder ein Vorgesetzter rief mit rauher, verhaltener Stimme ärgerlich seinen Untergebenen zu, sie sollten darauf achten, daß die Kette sich nicht zu locker auseinanderziehe oder zu weit von der Kolonne entferne. Nur einmal wurde der stille Marsch unterbrochen, als aus der Dornenhecke, die sich zwischen der Schützenkette und der Hauptkolonne befand, plötzlich eine Wildziege mit weißem Bauch und grauem Rücken hervorsprang und ein ebensolcher Bock mit kleinem, nach rückwärts gebogenem Gehörn ihr folgte. Die geängstigten zierlichen Tiere liefen in großen Sätzen, die Vorderbeine weit vorstreckend, auf die Kolonne zu und kamen ihr so nahe, daß die Soldaten schreiend und lachend hinter ihnen hereilen und sie fast mit den Bajonetten aufspießen konnten. Die Tierchen zogen es jedoch vor, wieder kehrt zu machen, brachen durch die Schützenkette hindurch und entwischten, von etlichen Berittenen und Kompagniehunden vergeblich verfolgt, glücklich in die Berge.

Es war noch im Winter, doch die Sonne stieg bereits höher, und um die Mittagszeit, als die am frühen Morgen abmarschierte Kolonne bereits eine gute Anzahl Werst hinter sich hatte, brannte sie so heiß, daß sie den Soldaten lästig wurde und das Auge, wenn es auf die blitzenden Bajonette oder auf die spiegelblanken, die Sonnenstrahlen grell reflektierenden Geschützrohre schaute, einen Schmerz empfand.

Hinter der Kolonne lag der rasch fließende klare Fluß, den sie soeben durchschritten hatten, vor ihr breiteten sich in den flachen Tälern die bestellten Felder und Wiesen aus. Noch weiter nach vorn erhoben sich die geheimnisvollen, von dunklen Waldungen bedeckten Bergzüge. Hinter den dunklen Bergen folgten hohe Felsenmassen, und über ihnen ragten, ganz hoch am Horizont, in ihrer ewigen, unwandelbaren Schönheit, wie im Diamantschmuck schimmernd, die Schneeberge empor.

Vor der fünften Kompagnie schritt in der Feldmütze und dem schwarzen Uniformrock, den Säbel über der Schulter, ein stattlicher, hochgewachsener Offizier namens Butler daher, der erst kürzlich von der Garde zu den kaukasischen Truppen herübergekommen war. Das Gefühl frischer Lebensfreude, verbunden mit der Aufregung, welche die Nähe des Todes und das Bewußtsein, an einem großen, von einem einzigen starken Willen geleiteten Werke teilzunehmen, hervorbringt, erfüllte ihn ganz. Butler kam heute zum zweiten Male in Aktion, und er erwartete jeden Augenblick, daß die feindlichen Kugeln auf ihn niederprasseln würden. Er war überzeugt, daß er weder den Kopf vor den Geschossen der feindlichen Geschütze beugen, noch auf das Pfeifen der Flintenkugeln achten würde, sondern im Gegenteil diesen seinen Kopf, wie er es schon früher getan, noch höher tragen, mit lächelndem Blick die Kameraden und Soldaten betrachten und mit der kaltblütigsten Miene von der Welt über irgend etwas ganz Gleichgültiges plaudern würde.

Die Kolonne war von der gut instand gehaltenen breiten Straße abgebogen und in einen wenig befahrenen, durch ein Maisfeld führenden Weg eingelenkt. Sie näherte sich eben einem jenseits des Feldes befindlichen Laubwald, als plötzlich irgendwoher mit unheimlichem Zischen eine Kugel geflogen kam, die dicht am Wege – da, wo etwa die Mitte der Kolonne marschierte – in das Maisfeld einschlug.

„Jetzt fängt's an," sagte Butler mit heiterem Lächeln zu einem neben ihm herschreitenden Kameraden.

In der Tat zeigte sich gleich darauf am Waldrande ein dichter Trupp von berittenen Tschetschenzen, die einige Feldzeichen mitführten. In der Mitte der Schar sah man deutlich eine große grüne Fahne, und der alte Feldwebel der Kompagnie, der gut und sehr weit sah, meinte zu dem kurzsichtigen Butler, das könne kein anderer als Schamyl selber sein. Die feindliche Schar ritt bergab, erschien dann auf einer Anhöhe zur Rechten und wandte sich wieder talwärts. Der kleine General in dem warmgefütterten schwarzen Uniformrock mit dem weißen Kreuz am Halse und der Lammfellmütze auf dem Kopfe ritt auf seinem Paßgänger zu Butlers Kompagnie heran und befahl ihm, die rechts am Bergabhang niederkletternden Reiter anzugreifen. Butler führte seine Kompagnie rasch nach der angedeuteten Richtung, hatte jedoch kaum den Talgrund erreicht, als in seinem Rücken rasch hintereinander zwei Kanonenschüsse erdröhnten. Er sah sich um: zwei blaue Rauchwolken stiegen über der Artillerieabteilung der Kolonne auf und zogen sich lang durch die Talschlucht hin. Die feindliche Schar hatte nicht erwartet, auf Artillerie zu stoßen, und ging zurück. Butlers Kompagnie nahm das Feuer gegen die Bergbewohner auf, und die ganze Schlucht ward in Pulverdampf gehüllt. Oberhalb des Tales nur sah man, wie die feindlichen Reiter sich eilig zurückzogen und auf die ihnen nachsetzenden Kosaken Feuer gaben. Die Kolonne nahm die Verfolgung der Feinde auf, und als sie die nächste Talschlucht erreichte, erblickte sie auf dem gegenüberliegenden Abhange ein Tschetschenzendorf. Butler stürmte mit seiner Kompagnie im Laufschritt dicht hinter den Kosaken in das Dorf hinein. Von den Einwohnern war niemand zu sehen. Die Soldaten erhielten Befehl, das Getreide und Heu sowie die Hütten niederzubrennen. Dichter, stickiger Rauch erfüllte das ganze Dorf, und die Soldaten schwirrten darin hin und her, schleppten aus den Hütten heraus, was sie darin fanden, und verlegten sich namentlich darauf, die Hühner zu fangen oder zu schießen, welche die Bergbewohner nicht hatten mitnehmen können. Die Offiziere hatten sich ein wenig abseits an einer Stelle, die durch den Rauch nicht so arg belästigt wurde, niedergesetzt und nahmen ihr Frühstück ein. Der Feldwebel brachte ihnen auf einem Brett eine Anzahl Honigscheiben. Von den Tschetschenzen war nichts zu sehen und zu hören. Bald nach Mittag erging das Kommando zum Antreten, wobei Butlers Kompagnie die Nachhut bildete. Kaum hatte die Kolonne sich in Marsch gesetzt, als auch die Tschetschenzen erschienen und sie mit ihren Schüssen zu beunruhigen begannen.

Sobald die Kolonne das offene Feld erreichte, zogen die Bergbewohner sich zurück. Butler hatte keinen einzigen Verwundeten und kehrte in der besten und heitersten Gemütsverfassung heim. Als die Kolonne jetzt, auf dem Rückmarsch, die Furt des Flusses passiert hatte, die sie bereits am Morgen durchwatet hatte, und nun in langem Zuge über die Maisfelder und Wiesen marschierte, traten die Sängerchöre an die Spitze der einzelnen Kompagnien und ließen laut ihre Lieder erschallen. „Ei, wie schmuck, und ei, wie munter ist doch solch ein Jägersmann!“ sangen Butlers Leute, und sein Pferd begann unwillkürlich nach dem flotten Takt des Liedes zu marschieren. Der zottige graue Kompagniehund Tresorka lief wie ein besorgter Chef, den Schweif hoch emporhaltend, der Kompagnie voraus. Immer frischer und froher ward Butler zumute. Er sah das Wesen des Krieges im Spiel mit der Gefahr, mit der Möglichkeit des Todes, und dieses Spiel brachte ihm, wenn es glücklich ablief, Belohnungen und die Hochachtung der hiesigen Kameraden wie der Freunde in der Heimat ein. Die andere Seite des Krieges – der Tod so vieler Menschen, die Wunden der Soldaten, der Offiziere, der Bergbewohner – kam ihm, so seltsam das scheinen mag, gar nicht zum Bewußtsein. Um seine poetische Auffassung vom Kriege nicht zu beeinträchtigen, blickte er instinktiv niemals nach den Toten und Verwundeten hin. Auch diesmal achtete er ihrer nicht. Die Kolonne hatte drei Tote und zwölf Verwundete. Butler ging an einem der Gefallenen, der auf dem Rücken dalag, vorüber und sah nur gleichsam mit einem Auge die seltsame Haltung der wachsbleichen Hand und einen dunkelroten Fleck am Kopfe, ohne jedoch weiter hinzublicken. Die Bergbewohner erschienen ihm lediglich als berittene Dschigits, vor denen man auf der Hut sein mußte.

„So also geht es bei uns zu, Väterchen,“ sagte der Major während einer Pause im Gesange. „Nicht so wie in Ihrem Petersburg: Augen links, Augen rechts! . . . Na, nun haben wir unsere Arbeit getan, nun geht's nach Hause. Maruschka wird uns jetzt eine gute Suppe und eine schöne Pastete dazu auftischen. Das soll ein

Leben werden – was? Na, nun singt mal: ›Als das Morgenrot erschien!‹“ rief er den Soldaten zu, die alsbald sein Lieblingslied anstimmten.

Es war windstill, und die Luft war so frisch, so rein und durchsichtig, daß die Schneeberge, die wohl an die hundert Werst entfernt waren, ganz nahe zu sein schienen. Sobald die Sänger schwiegen, ließ sich der gleichmäßige Tritt der Soldaten und das Klirren der Waffen vernehmen, gleichsam als Hintergrund der Lieder, die der Sängerchor vortrug. Das Lied, das Butlers fünfte Kompagnie sang, war von einem Junker des Regiments zu dessen Ehren gedichtet, die Melodie lehnte sich an ein bekanntes Tanzmotiv an, und der Refrain lautete: „Ei, wir schmucken, ei, wir schmucken Jägersleut'!“

Butler ritt neben seinem nächsten Vorgesetzten, dem Major Petrow, her, mit dem er zusammenwohnte. Er war von aufrichtigster Freude darüber erfüllt, daß er sich entschlossen hatte, den Dienst in der Garde aufzugeben und nach dem Kaukasus zu gehen. Der Hauptgrund, weshalb er sein Garderegiment verlassen, war, daß er in Petersburg sein Vermögen im Kartenspiel zugesetzt hatte. Er hatte gefürchtet, daß er, falls er noch bei der Garde verbliebe, immer wieder in dieses Laster zurückfallen würde, und so hatte er, zumal er nichts mehr zu verspielen hatte, der Residenz den Rücken gekehrt. Jetzt lagen alle diese Dinge hinter ihm, ein neues Leben hatte begonnen, ein Leben, so kühn, so abwechslungsreich und schön. Selbst sein zerrüttetes Vermögen und seine unbezahlten Schulden hatte er vergessen. Der Kaukasus, der Krieg, die Soldaten, die Offiziere, diese ewig bezechten, gutmütigen, tapferen Jungen, der Major Petrow – alles dies erschien ihm so herrlich, daß er es zuweilen gar nicht glauben konnte, daß er wirklich nicht mehr in Petersburgs verqualmten Spielsalons die Karten bog und voll Grimm gegen den Bankhalter, mit einem dumpfen, schweren Schmerz im Schädel, pointierte, sondern hier in diesem prächtigen Lande unter den wackeren kaukasischen Helden war.

Der Major lebte in wilder Ehe mit der Tochter eines Feldschers zusammen, die zuerst nur seine „Maschka“ gewesen war, nach und nach aber zur Maria Dmitrijewna avanziert war. Maria Dmitrijewna war eine hübsche blonde Person mit sehr viel Sommersprossen, etwa dreißig Jahre alt und ohne Anhang. Welches auch ihre Vergangenheit gewesen sein mochte, jetzt war sie jedenfalls die treue Gefährtin des Majors, die ihn pflegte wie eine Kinderfrau, und das hatte der Major, der sich nicht selten bis zur Bewußtlosigkeit betrank, sehr nötig.

Als sie in der Festung anlangten, fanden sie alles so vor, wie der Major es vorausgesagt hatte. Maria Dmitrijewna setzte ihm und Butler sowie den beiden Offizieren der Kolonne, die der Major noch eingeladen hatte, ein ebenso ausgiebiges wie schmackhaftes Mittagessen vor, und der Major aß und trank sich so voll, daß er nicht mehr sprechen konnte und sich auf sein Zimmer begab, um ein Schläfchen zu machen.

Auch Butler war müde, doch im übrigen recht zufrieden mit dem Tage. Er hatte von dem trefflichen kaukasischen Rotwein nur ein klein wenig über den Durst getrunken und ging nun gleichfalls auf sein Zimmer. Kaum hatte er die Kleider abgelegt und sich, die flache Hand unter dem hübschen, lockigen Kopfe, auf dem Bett hingestreckt, als er in einen festen, traumlosen Schlaf verfiel, aus dem ihn nichts so leicht erweckt hätte.

Siebzehntes Kapitel

Das Dorf, das bei dem Überfall zerstört worden war, war dasselbe, in dem Chadschi Murat die Nacht vor seinem Übergang zu den Russen zugebracht hatte. Sado, bei dem Chadschi Murat damals genächtigt hatte, war bei dem Herannahen der Russen mit den Seinigen in die Berge geflüchtet. Als er nach dem Dorfe zurückkehrte, fand er seine Hütte zerstört, das Dach war eingestürzt, die Tür und die Säulen des Altans waren verbrannt und das Innere in widerlicher Weise beschmutzt. Sein Sohn, jener hübsche Knabe mit den blitzenden Augen, der so begeistert auf Chadschi Murat geschaut hatte, war auf einem mit einem Filzmantel bedeckten Pferde tot nach der Moschee gebracht worden. Er war durch einen Bajonettstich in den Rücken getötet. Sados ehrbare Gattin, die Chadschi Murat damals bei seinem Besuche aufgewartet hatte, stand jetzt im zerrissenen Hemd, das ihre welken Brüste den Blicken preisgab, mit zerrauftem Haar über der Leiche des Sohnes, kratzte sich selbst vor Schmerz das Gesicht blutig und wehklagte voll Verzweiflung. Sado war, mit Hacke und Spaten versehen, in Begleitung der Verwandten fortgegangen, um für den Sohn ein Grab zu graben. Der alte Großvater saß, an die Wand der eingestürzten Hütte gelehnt, da, schnitzte mechanisch an einem Stecken und starrte stumpf vor sich hin. Er war soeben erst aus seinem Bienengarten herübergekommen. Die beiden Heuschober, die sich dort befunden hatten, waren verbrannt, die Aprikosen- und Kirschbäume, die er selbst gepflanzt und gehegt hatte, waren zerbrochen und halb verkohlt, und auch die Bienenstöcke samt den Bienen waren ein Opfer der Flammen geworden. In das Wehklagen der Weiber klang das Angstgeschrei der Kinder hinein, und das hungrige Vieh, für das es kein Futter gab, brüllte dazwischen. Die größeren Kinder dachten nicht ans Spiel, sondern schauten mit erschrockenen Augen auf die Erwachsenen. Der Dorfbrunnen war, offenbar vorsätzlich, verunreinigt, so daß die Einwohner auch das Wasser entbehren mußten. Auch die Moschee war in gleicher Weise verunreinigt, und der Mullah mußte sie mit Hilfe der Moscheediener erst wieder säubern. Kein Wort des Hasses gegen die Russen wurde laut. Das Gefühl, das alle Tschetschenzen vom jüngsten bis zum ältesten, diesen Feinden gegenüber hegten, war stärker als der Haß. Sie sagten sich, daß diese russischen Hunde keine Menschen seien, und ein solcher Abscheu und Ekel, ein solches Erstaunen über die sinnlose Grausamkeit dieser Kreaturen ergriff sie, daß der Wunsch, sie auszutilgen, wie man Wölfe, Ratten und giftige Spinnen austilgt, ebenso natürlich erschien wie der Trieb der Selbsterhaltung. Die Einwohner des Dorfes hatten nun die Wahl: entweder, in dieser Feindschaft verharrend, am alten Platze zu verbleiben und mit größter Mühe, auf die Gefahr einer Wiederholung dieses wahnwitzigen Zerstörungswerkes hin, die dem starren Felsen abgerungene Heimstätte wieder herzurichten – oder, dem religiösen Gefühl und der tiefen Abneigung gegen alles Russische zum Trotz sich durch Unterwerfung den Frieden zu erkaufen. Die Ältesten des Dorfes suchten Stärkung im Gebet und beschlossen einmütig, Boten zu Schamyl zu senden und ihn um Hilfe zu bitten. Dann machten sie sich sogleich daran, das Zerstörte wieder herzustellen.

Achtzehntes Kapitel

Am Tage nach dem Überfall verließ Butler ziemlich spät am Vormittag auf der Hintertreppe das Haus, um bis zum Frühstückstee, den er gewöhnlich mit Petrow zusammen trank, sich auf der Straße zu ergehen und frische Luft zu schöpfen. Die Sonne war bereits über den Bergen emporgestiegen, und die Augen schmerzten ihn, als er nach der rechten Seite der Straße hinübersah, wo die weißgetünchten, grell beleuchteten Häuser sich erhoben. Um so herzerfrischender und wohliger wirkte der Anblick der sich zur Linken hinziehenden, von dunklem Waldesdickicht bedeckten Berge, hinter denen sich die schimmernde Kette der Schneegipfel erhob, die von weitem dichtgeballten weißen Wolkenmassen glichen. Butler schaute nach den Bergen hinüber, sog die frische Luft in vollen Zügen ein und war von Freude darüber erfüllt, daß er – gerade er lebte, noch dazu an einem so herrlichen Orte.

Ein klein wenig freute es ihn auch, daß er sich gestern so trefflich gehalten hatte, beim Hinmarsch sowohl wie namentlich beim Rückmarsch, der sich ziemlich unangenehm gestaltet hatte. Auch die Erinnerung an den gestrigen Abend bereitete ihm Freude – wie er nach dem kühnen Marsche mit den Kameraden von Maria Dmitnjewna, der Freundin Petrows, bewirtet worden war, und wie sie mit allen, namentlich aber, wie ihm schien, mit ihm so lieb und nett gewesen war. Mit ihrem vollen Haar, den breiten Schultern, dem vollen Busen und dem strahlenden Lächeln in dem mit Sommersprossen übersäten gutmütigen Gesichte übte sie unwillkürlich auf den jugendlichen, kräftigen, unverheirateten Butler einen starken Eindruck aus, und es schien ihm, daß auch er ihr nicht gleichgültig sei. Er war jedoch der Meinung, daß es eine Schlechtigkeit gegenüber dem gutmütigen, braven Kameraden gewesen wäre, wenn er sich Maria Dmitnjewna genähert hätte, und so verkehrte er mit ihr auf durchaus anständigem, ehrerbietigem Fuße. Und er freute sich darüber, daß er sich in diesem Punkte zu beherrschen wußte.

Eben, wie er auf der Straße daherschritt, dachte er hierüber nach, als seine Gedanken durch deutlich vernehmbares Pferdegetrappel, das auf der staubigen Straße näher und näher kam, abgelenkt wurden. Es mußte offenbar ein größerer Reitertrupp sein, der sich da auf ihn zu bewegte. Er blickte auf und sah am Ende der Straße eine Schar von Reitern: an der Spitze von etwa zwanzig Kosaken ritten zwei Männer, der eine in einer weißen Tscherkeska und einer hohen, turbanumschlungenen Lammfellmütze, der andere ein russischer Offizier, brünett, mit einer Adlernase, in reichem Silberschmuck an Kleidern und Waffen. Der Reiter im Turban saß auf einem prächtigen Fuchs mit kleinem Kopfe, schönen, funkelnden Augen, weißer Mähne und ebensolchem Schweife. Der Offizier ritt ein großes, schmuckes karabachisches Pferd. Butler, der sich gut auf Pferde verstand, wußte das treffliche Tier des Turbanträgers sogleich richtig einzuschätzen und blieb stehen, um zu hören, wer diese Leute wären.

Der Offizier wandte sich an Butler und fragte: „Ist dies das Haus des Platzkommandanten?"

Er sprach das Russische ein wenig mit etwas fremdartiger Betonung, und man hörte ihm sogleich an, daß er nicht von russischer Herkunft war.

Butler bejahte seine Frage.

„Wer ist denn dieser da?" fragte Butler, an den Offizier herantretend und nach dem Manne im Turban hinüberblinzelnd.

„Das ist Chadschi Murat. Er ist hierher geritten und will beim Platzkommandanten bleiben," sagte der Offizier.

Butler hatte von Chadschi Murat und seinem Übertritt zu den Russen gehört, doch hätte er nie erwartet, daß er ihn hier, in der kleinen Grenzfestung, zu Gesicht bekommen würde.

Chadschi Murat warf ihm einen freundlichen Blick zu.

„Sei willkommen – *kotkilda,*“ sagte Butler, mit seinem bißchen Tatarisch prahlend.

„*Sa-ubul*“, antwortete Chadschi Murat kopfnickend. Er ritt an Butler heran und reichte ihm die Hand, an deren beiden zwei kleinsten Fingern die Reitpeitsche hing.

„Der Kommandant?“ fragte er.

„Nein, der Kommandant ist im Hause, ich will ihn rufen,“ sagte Butler zu dem Offizier, ging die Treppe hinauf und suchte die Tür zu öffnen. Die auf „die Paradetreppe,“ wie Maria Dmitrijewna sie nannte, hinausgehende Tür war indes verschlossen. Butler klopfte dagegen, und als niemand im Hause sich meldete, ging er um das Haus herum und trat von der Hintertreppe aus ein. Er rief seinen Burschen, und als dieser sich nicht meldete und ebensowenig zu finden war wie der Bursche des Majors, begab er sich nach der Küche. Maria Dmitrijewna hantierte hier, ganz rot im Gesichte, mit einem Tuche auf dem Kopfe, und die Ärmel über den runden weißen Armen hoch aufgestreift, eifrig herum – sie war gerade dabei, den flachgerollten Teig, der ebenso weiß war wie ihre Arme, in kleine Streifen zu schneiden und Pasteten davon zu bereiten.

„Wo stecken eigentlich die Burschen?“ fragte Butler.

„Sie werden irgendwo in der Schenke sein,“ sagte Maria Dmitrijewna. „Warum fragen Sie?“

„Sie sollen die Tür aufschließen; eine ganze Schar von Bergbewohnern hält vor dem Hause. Chadschi Murat ist angekommen.“

„Was für Geschichten erzählen Sie da!“ sagte Maria Dmitrijewna lächelnd.

„Ich scherze nicht, es ist wahr. Er hält draußen an der Treppe.“

„Wirklich?“ fragte Maria Dmitrijewna höchst erstaunt.

„Meinen Sie, ich würde mir das aus den Fingern saugen? Sehen Sie doch selbst nach, er steht draußen.“

„Nun sag' einer! So was!“ sagte Maria Dmitrijewna, streifte ihre Ärmel herunter und steckte die Haarnadeln in dem dicken Zopfe fester. „Dann will ich doch gleich Iwan Matwjejewitsch wecken. Und du, Bondarenko,“ sprach er zu dem Burschen des Majors, der soeben auf der Bildfläche erschien, „schließ die Tür auf.“

„Nun, meinetwegen mag er dastehen," sagte Maria Dmitrijewna und machte sich wieder an die Arbeit.

Der Major hatte schon davon gehört, daß Chadschi Murat in Grosnaja angekommen sei. Als nun Butler ihm erzählte, daß er draußen vor dem Hause halte, war er durchaus nicht besonders erstaunt, sondern brummte nur ärgerlich in den Bart hinein, warum ihm die Vorgesetzten diesen Satan auf den Hals schickten. Langsam erhob er sich von seinem Lager, drehte sich eine Zigarette zurecht, zündete sie an und begann, während er abwechselnd sich räusperte und schimpfte, seine Toilette zu machen. Als er angezogen war, befahl er seinem Burschen, ihm die Medizin zu reichen. Der Bursche wußte, daß er unter der Medizin den Branntwein verstand, und reichte ihm die Flasche.

„Nichts ist schlimmer, als wenn man alles durcheinander trinkt," brummte er, nachdem er ein großes Glas Branntwein heruntergetrunken und ein Stück Schwarzbrot nachgegessen hatte. „Da hab' ich nun gestern diesen Rotwein versucht, und nun tut mir der Kopf weh. Na, jetzt bin ich fertig," sagte er und begab sich nach dem Wohnzimmer, wohin Butler inzwischen Chadschi Murat und den ihn begleitenden Offizier geführt hatte.

Der Offizier, der mit Chadschi Murat gekommen, überbrachte dem Major den Befehl des Oberstkommandierenden des linken Flügels, Chadschi Murat bei sich unterzubringen und ihm den Verkehr mit den Bergbewohnern durch Sendboten zu gestatten, ihn jedoch nie anders als unter einer Kosakenbedeckung aus der Festung herauszulassen.

Iwan Matwjejewitsch las die ihm übergebene Order, sah Chadschi Murat durchdringend an und vertiefte sich dann wieder in die Lektüre des Schriftstückes. Nachdem er in dieser Weise seine Augen mehrmals zwischen dem Schriftstück und Chadschi Murat hatte hin und her wandern lassen, ließ er sie schließlich auf seinem Gaste ruhen und sagte: *„Jakschi, bek, jakschi.* Er kann hier bleiben. Sagen Sie ihm, daß ich Order habe, ihn nicht hinauszulassen. Und solch eine Order ist ein Heiligtum. Was seine Unterbringung anlangt – ja, was meinst du, Butler: vielleicht richten wir ihm die Kanzlei ein?"

Noch hatte Butler keine Zeit zur Antwort gefunden, als Maria Dmitrijewna, die aus der Küche herbeigekommen war und in der offenen Tür stand, sich zum Major wandte: „Warum denn? Er kann doch hier bleiben. Wir richten ihm das Gastzimmer und die kleine Kammer ein. Dann hat man ihn wenigstens unter den Augen," sagte sie und warf dabei einen Blick auf Chadschi Murat, sah jedoch sogleich wieder fort, als sie seinen Augen begegnete.

„Ich meine, daß Maria Dmitrijewna recht hat," sagte Butler.

„Nun, nun, geh schon, das sind hier keine Weibergeschäfte," versetzte Iwan Matwjejewitsch stirnrunzelnd.

Während dieser ganzen Unterhaltung hatte Chadschi Murat, die Hand auf dem Dolchgriff und ein feines spöttisches Lächeln um den Mund, dagesessen. Er sagte, es sei ihm ganz gleichgültig, wo man ihn unterbringe. Es komme ihm nur darauf an, mit den Bergbewohnern in Beziehungen zu treten, was ihm der Sardar erlaubt habe. Er wünsche daher, daß man ihnen den Zutritt zu ihm nicht verwehre. Der Major sagte, dem stehe nichts entgegen, und bat Butler, den Gast so lange zu unterhalten, bis das Frühstück aufgetragen würde und die Zimmer für Chadschi Murat in Ordnung wären. Er selbst müsse nach der Kanzlei, um seinen Bericht zu machen und die nötigen Anordnungen zu treffen.

Chadschi Murats Verhältnis zu seinen neuen Bekannten nahm von vornherein einen ganz bestimmten Charakter an. Gegen Iwan Matwjejewitsch hegte er vom ersten Augenblick an eine ausgesprochene Abneigung und Geringschätzung und behandelte ihn von oben herab. An Maria Dmitrijewna, die ihm das Essen bereitete und auftrug, fand er einen ganz besonderen Gefallen. Ihr einfaches Wesen, der eigene Reiz ihrer ihm fremdartigen Schönheit und das Gegengefühl, das ihr offenkundiges Interesse für ihn in ihm hervorrief, machten ihm ihre Erscheinung überaus angenehm. Er bemühte sich, sie nicht anzusehen und nicht mit ihr zu sprechen, unwillkürlich jedoch wandten sich seine Augen ihr zu und verfolgten jede ihrer Bewegungen.

Zu Butler trat er sogleich vom Beginn ihrer gegenseitigen Bekanntschaft an in sehr freundschaftliche Beziehungen. Er unterhielt sich gern mit ihm, fragte ihn über seine Vergangenheit aus, erzählte ihm mancherlei von seiner eignen Person, teilte ihm mit, was die bei ihm erscheinenden Landsleute ihm von dem Schicksal seiner Familie berichteten, und fragte ihn sogar um Rat, was er tun solle. Die Nachrichten, die ihm die Sendboten aus dem Gebirge brachten, waren nicht die besten. Zweimal erhielt er während der ersten vier Tage, die er in der Festung verbrachte, Besuch von drüben, und beide Male war es schlimme Kunde, die sie ihm zutrugen.

Neunzehntes Kapitel

Chadschi Murats Familie war bald, nachdem er selbst sich zu den Russen begeben hatte, nach Schamyls Residenz gebracht worden, wo sie unter strenger Bewachung gehalten wurde, bis der Imam ihr Schicksal entschieden hatte. Die

Frauen – die alte Mutter Patimat und die beiden Gattinnen Chadschi Murats – wohnten samt den vier jüngeren Kindern unter strenger Aufsicht in dem Hause des Unteranführers Ibrahim Raschid, während Chadschi Murats achtzehnjähriger Sohn Jussuf im Kerker saß. Dieser Kerker bestand aus einem mehrere Ellen tiefen dunklen Loche, in dem Jussuf mit sieben Verbrechern, die gleich ihm der Entscheidung ihres Schicksals harrten, festgehalten wurde.

Die Entscheidung über das Schicksal der Gefangenen verzögerte sich darum, weil Schamyl abwesend war. Er war auf einem Kriegszuge gegen die Russen begriffen.

Am 6. Januar 1852 kehrte Schamyl nach einem Zusammenstoß mit den Russen zurück, bei dem er nach der Meinung der Russen eine Schlappe erlitten und die Flucht ergriffen hatte, während er nach seiner und aller Muriden Auffassung den Sieg davongetragen und die Russen vertrieben hatte. Er hatte in diesem Treffen, was nicht oft geschah, selbst eine Büchse auf die Feinde abgefeuert und war mit geschwungenem Säbel auf sie losgesprengt, daß seine Muriden ihn mit Gewalt zurückhalten mußten. Zwei von ihnen hatten dabei an seiner Seite den Tod erlitten.

Es war um die Mittagsstunde, als Schamyl in Begleitung einer Schar von Muriden, die um ihn herum ihre Rosse tummelten, ihre Büchsen und Pistolen in die Luft abschossen und ohne Aufhören ihr *“La illach il allah“* sangen, in seinem Hauptorte Dargo erschien.

Die ganze Bevölkerung der großen Ortschaft stand auf der Straße und auf den Hausdächern, um den Gebieter würdig zu empfangen. Man feuerte, um die Feierlichkeit des Einzugs zu erhöhen, gleichfalls aus Büchsen und Pistolen in die Luft. Schamyl ritt auf einem weißen arabischen Rosse, das bei der Annäherung an das Haus seines Herrn lebhaft und munter den Kopf in den Zügeln bewegte. Sattel- und Zaumzeug waren im übrigen von recht schlichter Art, weder Gold noch Silber blinkten daran: Der Zügel bestand aus einem in der Mitte mit einem dunklen Streifen verzierten roten Riemen aus feinem Leder, die Steigbügel waren einfache runde Metallhülsen, und die unter dem Sattel hervorschauende Schabracke war aus schlichtem roten Tuch verfertigt. Der Imam trug einen braun überzogenen, am Halse und an den Ärmeln mit schwarzem Rauchwerk besetzten Schafpelz, der um die schlanken Hüften mit einem Riemen umgürtet war. Ein Dolch steckte in dem einfachen Gürtel. Auf dem Kopfe trug er eine hohe Lammfellmütze mit flachem Deckel, schwarzer Troddel und einem weißen Turban, dessen Ende über den Hals herabhing. Die Füße steckten in grünen

Schuhen, und über die Waden hatte er schwarze, mit einfacher Schnur besetzte Lederstrümpfe gezogen.

Nichts Schimmerndes, kein Gold- oder Silberschmuck, war an dem Imam zu sehen. Seine hohe, gerade, stattliche Gestalt in der schmucklosen Kleidung machte inmitten der Muridenschar, deren Kleider und Waffen reich mit Gold und Silber verziert waren, einen überaus ernsten Eindruck. Und dieser Ernst seiner Erscheinung war es, der auf das Volk jene starke, von Schamyl wohl berechnete Wirkung hervorbrachte. Sein blasses, von dem gestutzten roten Vollbart umrahmtes Gesicht mit den stets halb geschlossenen kleinen Augen hatte in seiner Unbeweglichkeit einen starren, steinernen Ausdruck. Während er die Straße entlangritt, fühlte er wohl, daß Tausende von Augen auf ihn gerichtet waren, er selbst jedoch würdigte niemanden auch nur eines Blickes.

Auch Chadschi Murats Frauen waren mit den übrigen Hausbewohnern zusammen auf den Altan hinausgekommen, um den Einzug des Imam mit anzusehen. Nur die alte Patimat, Chadschi Murats Mutter, war in der Hütte zurückgeblieben – die langen, hageren Arme um die Knie geschlungen, saß sie dort auf dem Fußboden, während das aufgelöste graue Haar über ihre Schultern herabfiel. Mit den stechenden schwarzen Augen blinzelnd, schaute sie auf die verglimmenden Zweige im Kamin. Gleich ihrem Sohne hatte sie Schamyl stets gehaßt und wollte ihn jetzt so wenig wie früher sehen.

Auch Jussuf, der Sohn Chadschi Murats, bekam den feierlichen Einzug Schamyls nicht zu sehen. Er hörte nur in seiner finsteren, von üblen Dünsten erfüllten Grube die Freudenschüsse und den Gesang und empfand heftigen Schmerz über seine Einschließung, wie nur ein von Lebenslust und Lebenskraft strotzender Jüngling, den man der Freiheit beraubt, sie empfinden kann. Draußen war alles heller Jubel – und er saß in dem düsteren Loche und sah nur immer diese unglücklichen, schmutzigen, verhärmten Gesichter seiner Kerkergenossen, die voll Bosheit waren und zumeist einander gegenseitig haßten. Er beneidete jene Glücklichen, die in Licht, Luft und Freiheit auf ihren schmucken Rossen sich um den Gebieter tummeln, ihre Büchsen losknallen und freudig ihr „*La illach il allah*“ rufen konnten.

Nachdem Schamyl den Ort passiert hatte, lenkte er in einen großen Hof ein, an den sich ein zweiter innerer Hof anreihte. In diesem befand sich Schamyls Serail. Zwei bewaffnete Lesghier empfingen Schamyl an dem offenen Tore des ersten Hofes, in dem sich eine große Menge Volkes versammelt hatte. Die einen waren von fernher gekommen, um über ihre Angelegenheiten mit Schamyl zu reden, andere waren einfach Bettler, und noch andere waren erschienen, um sich vor ihm als Richter zu verantworten und sein Urteil entgegenzunehmen. Als Schamyl auf den Hof geritten kam, erhoben sich alle Anwesenden und begrüßten den Imam ehrerbietig, indem sie die Hände auf die Brust legten. Einige knieten nieder und verblieben in dieser Haltung, bis Schamyl den Hof vom äußeren bis zum inneren Tore durchmessen hatte. So manches Gesicht, dessen Anblick ihm unangenehm war, und so manchen lästigen Bittsteller erkannte Schamyl unter den Wartenden, doch ritt er an allen mit demselben unbeweglich starren Gesichte vorüber, lenkte in den inneren Hof ein und stieg an der Galerie seiner Behausung, links vom Tore, ab. Nach den Anstrengungen des Kriegszuges, der zwar von Schamyl und den Seinigen als Sieg gefeiert wurde, aber doch in Wirklichkeit ein Mißerfolg war, sehnte sich Schamyl jetzt nur nach Ruhe. Abgesehen von der Einäscherung und Zerstörung zahlreicher Tschetschenzendörfer hatte dieser Zug zur Folge, daß das wankelmütige Volk in den Bergen unsicher und der Unterwerfung unter das russische Regiment zugänglich gemacht war, und Schamyl war von der Notwendigkeit von Gegenmaßregeln fest überzeugt. Jetzt aber lagen ihm diese Gedanken fern. Im Schoße der Familie, unter den Liebkosungen der schwarzäugigen, schnellfüßigen Aminet, seiner achtzehnjährigen Lieblingsgattin, wollte er sich zunächst von den überstandenen, mehr geistigen als körperlichen Strapazen erholen.

Doch noch war er weit davon entfernt, die Geliebte in seine Arme schließen zu können. Er konnte es sich wohl denken, daß sie dort hinter dem Zaune, der quer durch den innern Hof lief und die Wohnung der Frauen von den Räumen für die Männer trennte, seiner erwartungsvoll harrte, ja er war davon überzeugt, daß sie jetzt, im Augenblick, da er aus dem Sattel stieg, mit den anderen Frauen durch eine Spalte im Zaun nach ihm Ausschau hielt. Aber er konnte doch nicht so ohne weiteres zu ihr hineingehen und sich auf dem schwellenden Pfühl an ihrer Seite zur Ruhe legen. Er mußte zunächst, so wenig Lust er auch dazu verspürte, sein Nachmittagsgebet verrichten, das er schon als religiöser Führer und Berater seines Volkes nicht unterlassen durfte, und das als geistige Speise ihm so notwendig geworden war wie das tägliche Brot. So erledigte er denn die Waschungen wie das Gebet und ging dann an den Empfang aller jener, die ihn zu sprechen wünschten.

Zunächst erschien vor ihm sein Lehrer und Schwiegervater Dschemal Eddin, ein hochgewachsener, stattlicher Greis mit schneeweißem Barte und frischem rotem Gesichte. Er verrichtete sein Gebet, fragte Schamyl, wie sein Kriegszug verlaufen wäre, und berichtete ihm, was während seiner Abwesenheit in den Bergen sich ereignet hatte.

Allerhand Nachrichten bekam da Schamyl zu hören: von Morden, die auf Grund der Blutrache begangen worden waren, von Viehdiebstählen, von Vergehen gegen die Vorschriften des „Tarikat", die den Genuß des Tabaks und des Weines verboten, und zuletzt teilte Dschemal Eddin dem Imam auch mit, daß Chadschi Murat heimlich Leute gesandt habe, die seine Familie zu den Russen bringen sollten. Sein Anschlag sei jedoch entdeckt worden, und man habe Chadschi Murats Familie hier am Orte untergebracht, wo sie unter strenger Bewachung seines Urteils harre. Im anstoßenden Gastzimmer seien die ältesten aus den Nachbargauen versammelt, um über diese Dinge zu beraten. Dschemal Eddin riet dem Imam, sie noch heute zu entlassen, da sie bereits drei Tage auf ihn gewartet hätten.

Schamyls älteste Gattin, die spitznasige, schwarze, häßliche Saider, für die der Imam nur wenig übrig hatte, trat ein und trug ihm das Mittagsmahl auf. Nachdem er dieses verzehrt, begab er sich nach dem Beratungszimmer.

Sechs Greise mit weißem, grauem oder rotem Vollbart erhoben sich bei Schamyls Eintritt von ihren Sitzen. Es war der hohe Rat, der Schamyl zur Seite stand. Sie trugen alle neue Kleider und den Riemen mit dem Dolche über Beschmet und Tscherkeska. Auf dem Kopfe saß die Lammfellmütze, mit dem Turban oder ohne diesen. Schamyl überragte sie alle um Haupteslänge. Seinem Beispiel folgend, hoben sie alle die Arme mit den gegen einander gekehrten Handflächen empor, schlossen die Augen und beteten, worauf sie mit den Händen sich über das Gesicht fuhren und am unteren Bartende beide Hände vereinigten. Hierauf setzten sich alle rings um Schamyl herum, der auf erhöhtem Pfühl mitten unter ihnen saß, und machten sich an die Beratung der zu entscheidenden Angelegenheit.

Über die Verbrechen, die zur Aburteilung gelangten, wurde nach den Vorschriften des „Schariat" entschieden: zwei Diebe wurden zum Abschlagen der Hände, ein Mörder zum Tode verurteilt; drei Angeklagte wurden freigesprochen. Hierauf gelangte der Hauptpunkt der Tagesordnung zur Verhandlung: wie am besten der Übergang der Tschetschenzen zu den Russen verhindert werden könne. Dschemal Eddin hatte, um diesem Übel zu steuern, eine Kundgebung entworfen, die also lautete:

„Ich wünsche euch, daß ihr in ewigem Frieden leben möget mit Gott dem Allmächtigen. Ich höre, daß die Russen euch umschmeicheln und zur Unterwerfung auffordern. Glaubet ihnen nicht und unterwerft euch nicht, sondern duldet. Wenn euch dafür in diesem Leben kein Lohn zuteil wird, dann werdet ihr im Jenseits belohnt werden. Bedenket, wie sie es früher machten, als sie euch die Waffen abnahmen. Wenn euch damals, im Jahre 1840, Gott nicht erleuchtet hätte, würdet ihr jetzt alle in russischen Soldatenkitteln stecken, und eure Frauen würden keine Pumphosen mehr tragen und würden entehrt sein. Beurteilet die Zukunft nach der Vergangenheit. Es ist besser, in Feindschaft mit den Russen zu sterben, als mit den Ungläubigen zusammen zu leben. Harret aus, und ich werde mit dem Koran und dem Säbel zu euch kommen und euch gegen die Russen führen. Für jetzt befehle ich euch, jede Absicht, ja jeden leisesten Gedanken einer Unterwerfung unter die Russen aus eurer Seele zu verbannen."

Schamyl billigte diese Bekanntmachung, unterschrieb sie und beschloß, sie überall im Volke zu verbreiten.

Hierauf kam die Angelegenheit Chadschi Murats zur Verhandlung, die für Schamyl ganz besonders wichtig war. Er wußte sehr wohl – wenn er es auch nicht offen zugab – daß die Schlappe, die er jetzt in der Tschetschna erlitten, ihn nicht betroffen hätte, wenn Chadschi Murat mit seiner Gewandtheit, Kühnheit und Tapferkeit ihm zur Seite gestanden hätte. Es wäre nur vorteilhaft für ihn gewesen, wenn er sich mit Chadschi Murat versöhnt und ihn wieder seiner Sache dienstbar gemacht hätte. Für den Fall aber, daß dies ausgeschlossen war, durfte er nicht zulassen, daß jener sich auf die Seite der Russen stellte, und daher war es unbedingt notwendig, ihn auf die eine oder andere Weise aus dem Wege zu schaffen. Dies konnte entweder so geschehen, daß ein sicherer Mann nach Tiflis entsandt wurde, der ihn dort tötete, oder daß man ihn herüberlockte und ihm hier den Garaus machte. Das sicherste Mittel, ihn zur Rückkehr zu bewegen, war, ihm die Befreiung seiner Familie in Aussicht zu stellen, insbesondere den Loskauf seines Sohnes, den Chadschi Murat, wie Schamyl wohl bekannt war, über alles liebte. Dieses Sohnes also mußte man sich bedienen, um den Vater in die Gewalt zu bekommen. Als die Ratgeber über diese Fragen verhandelten, schloß Schamyl die Augen und schwieg.

Die Ratgeber wußten, was dies zu bedeuten hatte: daß er jetzt auf die Stimme des Propheten lauschte, die ihm eingab, was er zu tun habe.

Nachdem wohl fünf Minuten lang feierliches Schweigen geherrscht hatte, öffnete Schamyl die Augen, kniff sie noch enger als sonst zusammen und sprach: „Führet mir den Sohn Chadschi Murats vor."

„Er ist hier", sagte Dschemal Eddin.

In der Tat wartete Jussuf, der Sohn Chadschi Murats, mager, blaß, in Lumpen gekleidet und nach dem dumpfen Kerkerloch riechend, aber immer noch schön an Antlitz und Gestalt, mit den blitzenden schwarzen Augen, die auch seine Großmutter Patimat besaß, am Tore des äußeren Hofes, ob man ihn nicht bald rufen würde.

Jussuf teilte die feindseligen Gefühle nicht, die sein Vater gegen Schamyl hegte. Er kannte nicht die ganze Vergangenheit, oder, wenn er sie auch kannte, so hatte er sie doch nicht selbst durchlebt und begriff daher nicht, weshalb sein Vater von solchem Haß gegen Schamyl erfüllt war. Er hatte nur den einen Wunsch: das leichte, lustige Leben, das er als Sohn des Nahib in Chunsach geführt hatte, wieder aufnehmen zu können, und darum schien es ihm ganz überflüssig, diese Feindschaft gegen Schamyl zu nähren. Im Gegensatz zum Vater, ja ihm zum Trotz, war er von Begeisterung für Schamyl erfüllt und teilte die Verehrung für ihn, welche die Bergbewohner allgemein für den Imam hegten. Mit einem ganz besonderen Gefühl bebender Ehrfurcht trat er jetzt in das Zimmer, in dem die Ratgeber saßen, blieb an der Tür stehen und begegnete, als er aufsah, dem grimmen Blicke, den Schamyl aus den halbgeschlossenen Augen auf ihn richtete. Er stand eine Weile da, trat dann auf Schamyl zu und küßte seine große weiße Hand mit den langen Fingern.

„Du bist der Sohn Chadschi Murats?“

„Ich bin es, Imam.“

„Du weißt, was dein Vater getan hat?“

„Ich weiß es, Imam, und ich bedaure es.“

„Kannst du schreiben?“

„Ich sollte ein Mullah werden und wurde unterrichtet.“

„Dann schreib deinem Vater, daß, wenn er bis zum Beiram zu mir zurückkehrt, ich ihm verzeihe und alles beim alten bleiben soll, wenn er mir dagegen trotzt und bei den Russen bleibt“ – Schamyls Züge nahmen einen drohenden Ausdruck an – „ich deine Großmutter, deine Mutter und all die andern auf die Dörfer verteilen, dir aber den Kopf abschlagen lasse.“

Nicht ein Muskel zuckte in Jussufs Gesichte, er neigte nur den Kopf zum Zeichen, daß er Schamyls Worte verstanden habe.

„Schreib ihm dies und gib den Brief meinem Boten“, sagte Schamyl und sah dann Jussuf lange schweigend an.

„Oder schreib ihm, daß ich dich begnadigt habe und dich nicht töten, sondern dir nur die Augen ausstechen lassen werde, wie ich es mit allen Verrätern mache. Nun geh.“

Jussuf erschien in Schamyls Gegenwart vollkommen ruhig, als er jedoch das Beratungszimmer verlassen hatte, stürzte er sich auf den Mann, der ihn führte, zog dessen Dolch aus der Scheide und wollte sich damit töten, doch fiel ihm jener in den Arm, und er ward gefesselt und wieder nach dem Kerker zurückgebracht.

Als es dunkel geworden und das Nachtgebet verrichtet war, zog Schamyl seinen besten weißen Pelz an, begab sich hinter den Zaun nach jenem Teile des Hofes, in dem seine Frauen wohnten, und trat in Aminets Zimmer. Doch Aminet war nicht anwesend, sie weilte bei den älteren Frauen. Da trat Schamyl, der nicht wollte, daß man ihn bemerke, hinter die Zimmertür und erwartete sie da. Aminet aber war böse auf Schamyl, weil er Saider mit einem Stück Seidenstoffes beschenkt hatte, während sie leer ausgegangen war. Sie hatte wohl gemerkt, wie er herübergekommen und in ihr Zimmer eingetreten war, doch ging sie absichtlich nicht zu ihm und ließ ihn warten. Lange stand sie in der Tür von Saiders Zimmer und blickte still lächelnd nach der weißen Gestalt des Imams, der unruhig bald aus ihrem Zimmer herauskam, bald wieder eintrat. Nachdem Schamyl eine ganze Weile vergeblich gewartet hatte, begab er sich, als bereits die Zeit zum Nachtgebet herangerückt war, nach seinen Gemächern zurück.

Zwanzigstes Kapitel

Seit einer Woche bereits verweilte Chadschi Murat in der Festung, als Gast des Majors Petrow. Maria Dmitrijewna hatte ihren Ärger mit dem zottigen Chanefi, den Chadschi Murat neben Eldar allein zu seiner Bedienung behalten hatte – ewig stritt sie sich mit dem Awaren herum und mußte ihn einmal sogar aus der Küche hinauswerfen, weil er ihr beinahe den Hals abgeschnitten hatte. Das hinderte sie jedoch nicht, für Chadschi Murat ein ganz besonderes Gefühl der Hochachtung und Sympathie zu empfinden. Sie bediente ihn jetzt nicht mehr bei Tische, hatte dieses Amt an Eldar abgegeben, doch benutzte sie jede Gelegenheit, ihn zu sehen und ihm gefällig zu sein. Sie interessierte sich auch sehr lebhaft für die Unterhandlungen, die seiner Familie wegen geführt wurden, wußte, wieviel Frauen und Kinder er hatte, und wie alt jedes von ihnen war. Sie erkundigte sich jedesmal, wenn ein Bote aus dem Gebirge bei ihm erschien, wie weit die Verhandlungen gediehen wären.

Butler hatte während dieser Woche mit Chadschi Murat die intimste Freundschaft geschlossen. Abwechselnd kam entweder Chadschi Murat auf sein Zimmer, oder er nach dem Zimmer des Gastes. Zuweilen bedienten sie sich bei ihrer Unterhaltung eines Dolmetschers, doch mußte es öfters auch ohne einen solchen gehen, wobei ihnen allerhand Zeichen, und namentlich auch das Lächeln, als Verständigungsmittel dienten. Chadschi Murat hatte offenbar Butler liebgewonnen, was unter anderem auch aus dem Verhalten Eldars gegen diesen ersichtlich war. Sobald Butler in Chadschi Murats Zimmer trat, begrüßte Eldar ihn mit einem freudigen Lächeln, das seine blitzenden weißen Zähne zeigte, legte ihm eilig die Kissen zurecht, damit er sich setze, und nahm ihm den Säbel ab, wenn er ihn umgeschnallt hatte.

Butler hatte auch die nähere Bekanntschaft des zottigen Chanefi, des Blutsbruders von Chadschi Murat, gemacht. Chanefi kannte viele Lieder der Bergbewohner auswendig und trug sie sehr gut vor. Um Butler eine Freude zu bereiten, ließ Chadschi Murat den Awaren öfters ein Lied singen, das er selbst auszuwählen pflegte. Chanefi besaß einen hohen Tenor und sang ungewöhnlich klar und ausdrucksvoll. Eins seiner Lieder gefiel Chadschi Murat ganz besonders und machte mit seinem feierlich-melancholischen Refrain auch auf Butler einen tiefen Eindruck. Butler ließ sich durch den Dolmetscher den Inhalt des Liedes übersetzen.

Das Lied bezog sich auf die Blutrache, die früher zwischen Chanefi und Chadschi Murat bestanden hatte, und sein Wortlaut war folgender:

„Die Erde wird trocknen auf meinem Grabe, und du wirst mein vergessen, geliebte Mutter. Gras wird wachsen über meiner Gruft, und es wird deinen Schmerz überwuchern, mein alter Vater. Die Tränen werden trocknen in den Augen meiner Schwester, und der Gram wird fliehen aus ihrem Herzen.

„Du aber, mein älterer Bruder, wirst mich nicht vergessen, bevor du nicht meinen Tod gerächt hast. Und auch du, mein zweiter Bruder, wirst mich nicht vergessen, ehe du nicht neben mir im Grabe liegst.

„Glühend heiß bist du, o Kugel, und bringst den Tod, aber warst du nicht meine gehorsame Sklavin? Du wirst mich bedecken, o schwarze Erde, aber haben dich nicht meines Rosses Hufe zerstampft? Du bist kalt, o Tod, aber ich bin doch einmal dein Herr gewesen! Meinen Leib wird die Erde hinnehmen, meine Seele aber wird der Himmel empfangen."

Chadschi Murat lauschte stets mit geschlossenen Augen auf dieses Lied, und wenn seine letzte langgezogene Note verklungen war, sagte er jedesmal zu Butler auf russisch:

„Schönes Lied, kluges Lied."

Die eigenartige, kraftvolle Poesie, die in dem Leben der Bergbewohner lag; machte auf Butler, seit er mit Chadschi Murat und seinen Muriden bekannt geworden, einen ganz besonders starken Eindruck. Er schaffte sich einen Beschmet, eine Tscherkeska und Lederstrümpfe an. Er suchte sich hineinzuleben in das Denken und Fühlen dieser Menschen, in ihre Sitten und Bräuche.

Am Tage vor Chadschi Murats Aufbruch versammelte der Major einige Offiziere in seiner Wohnung zu einer kleinen Abschiedsfeier. Die Offiziere saßen teils beim Tee, den Maria Dmitrijewna ihnen einschenkte, teils an einem zweiten Tische bei Wein, Branntwein und einem Imbiß, als Chadschi Murat, zur Reise gerüstet, mit raschen, weichen Schritten leicht hinkend ins Zimmer trat.

Alle erhoben sich und schüttelten ihm zum Gruße die Hand. Der Major lud ihn ein, auf dem niedrigen Diwan Platz zu nehmen, er dankte jedoch und setzte sich auf einen Stuhl am Fenster. Das Schweigen, das bei seinem Eintritt herrschte, machte ihn nicht im geringsten verlegen. Er musterte mit Aufmerksamkeit die Gesichter der Anwesenden und warf dann einen gleichgültigen Blick auf den Tisch mit dem Samowar und dem Imbiß. Ein redegewandter junger Offizier, Petrowskij mit Namen, der Chadschi Murat zum erstenmal sah, fragte ihn durch Vermittelung des Dolmetschers, ob ihm Tiflis gefallen habe. – „Aija“, antwortete Chadschi Murat. Der Dolmetscher sagte, es habe ihm wohl gefallen.

„Und was hat ihm dort am besten gefallen?“ fragte der Offizier weiter.

Chadschi Murat gab Antwort, und der Dolmetscher übertrug seine Rede: am besten habe ihm das Theater gefallen.

„Und der Ball beim Oberstkommandierenden – hat ihm der nicht gefallen?“

Chadschi Murat blickte stirnrunzelnd drein: jedes Volk, meinte er, habe seine eigenen Sitten. „Bei uns kleiden sich die Frauen nicht so wie dort“, sagte er und sah dabei Maria Dmitrijewna an.

„Das hat ihm also nicht gefallen?“

„Es gibt bei uns ein Sprichwort,“ sagte er zum Dolmetscher, „das lautet: der Hund bewirtet den Maulesel mit Fleisch, und der Maulesel den Hund mit Heu – und so bleiben beide hungrig“. Er lächelte bei diesen Worten. „Jedem Volke gefällt eben seine eigene Art.“

Die Unterhaltung kam nicht recht vorwärts. Die Offiziere tranken Tee oder aßen. Chadschi Murat nahm das ihm angebotene Glas Tee und stellte es vor sich hin.

„Vielleicht etwas Sahne? Oder Semmel?“ sagte Maria Dmitrijewna und reichte ihm beides.

Chadschi Murat schüttelte den Kopf.

„Nun so leb' denn wohl!“ sagte Butler und klopfte ihm auf das Knie. „Wann sehen wir uns wieder?“

„Leb' wohl, leb' wohl“, sagte Chadschi Murat lächelnd auf russisch. „Bist Freund, ich guter Freund dein. Jetzt fort – schon Zeit!“ sagte er und nickte mit dem Kopfe nach der Richtung hin, nach der er sich nun begeben müsse.

In der Tür des Zimmers erschien Eldar, irgend etwas Großes, Weißes über der Schulter und einen Säbel in der Hand tragend. Chadschi Murat winkte ihm, und Eldar kam mit seinen langen Schritten auf ihn zu und reichte ihm das weiße Kleidungsstück – es war sein Filzmantel – und den Säbel. Chadschi Murat stand auf, nahm den Mantel über den Arm, ging damit zu Maria Dmitrijewna und überreichte ihn ihr, während er einige Worte zu dem Dolmetscher sagte. Dieser übersetzte Chadschi Murats Worte. „Du hast den Mantel gelobt,“ sagte er zu Maria Dmitrijewna, „und er will, daß du ihn als Geschenk behältst.“

„Aber warum denn?“ sagte Maria Dmitrijewna errötend.

„Es muß so, nimm“, sagte Chadschi Murat.

„Nun, ich danke“, sagte Maria Dmitrijewna und nahm den Mantel. „Gott gebe dir Glück, daß du die Deinigen bald sehen mögest“, fügte sie hinzu. „Sag' ihm, daß ich ihm wünsche, er möchte seinen Sohn loskaufen.“

Chadschi Murat sah Maria Dmitrijewna an und nickte beifällig mit dem Kopfe. Dann nahm er aus Eldars Händen den Säbel und reichte ihn dem Major. Dieser nahm den Säbel und sagte zu dem Dolmetscher:

„Sag' ihm, er möchte meinen braunen Wallach nehmen, weiter habe ich nichts, was ich ihm schenken könnte.“

Chadschi Murat machte eine Handbewegung, die besagen sollte, daß er nichts brauche und nichts annehmen werde. Dann zeigte er nach den Bergen und nach seinem Herzen und ging dem Ausgange zu. Alle folgten ihm bis zur Tür. Die Offiziere, die im Zimmer zurückblieben, zogen den Säbel aus der Scheide, betrachteten die Klinge und meinten, es sei ein echter Gurdasäbel.

Butler war mit Chadschi Murat zusammen auf die Vortreppe hinausgetreten. Als sie dort standen, ereignete sich ein Vorfall, der allen ganz unerwartet kam und leicht für Chadschi Murat verhängnisvoll werden konnte, wenn nicht seine Gewandtheit und Entschlossenheit ihn gerettet hätte.

Die Bewohner des kumykischen Dorfes Tal-Katschu, die vor Chadschi Murat große Achtung hegten und mehrmals nach der Festung gekommen waren, um den berühmten Nahib zu sehen, hatten drei Tage vor Chadschi Murats Aufbruch Boten zu ihm entsandt mit der Bitte, er solle am Freitag in ihrer Moschee erscheinen. Die kumykischen Fürsten aber, die in Tal-Katschu wohnten, waren mit Chadschi Murat verfeindet und lebten in Blutrache mit ihm. Als sie nun von der Einladung hörten, erklärten sie dem Volke, daß sie Chadschi Murat nie gestatten würden, die Moschee zu betreten. Darob ward das Volk erregt, und es kam zu heftigen Reibereien zwischen ihm und den Anhängern der Fürsten. Die russischen Behörden mußten schließlich eingreifen, um die Bergbewohner zu beschwichtigen, und sie ließen Chadschi Murat sagen, daß er nicht nach der Moschee reiten solle.

Chadschi Murat war auch wirklich nicht hingeritten, und alle dachten, daß die Angelegenheit damit erledigt sei.

Im Augenblick jedoch, da Chadschi Murat jetzt auf die Treppe hinaustrat und eben daran dachte, sein bereitstehendes Roß zu besteigen, kam der kumykische Fürst Arslan Chan, der sowohl Butler wie dem Major persönlich bekannt war, auf das Haus zugeritten.

Als er Chadschi Murat erblickte, zog er die Pistole aus dem Gürtel und richtete sie auf Chadschi Murat. Kaum aber hatte Arslan Chan den Arm erhoben, als Chadschi Murat trotz seines lahmen Beines mit der Behendigkeit einer Katze von der Treppe niederglitt und sich auf Arslan Chan warf. Dieser schoß die Pistole ab, traf jedoch nicht. Chadschi Murat hatte mit der einen Hand den Zügel seines Pferdes gepackt, zog mit der anderen seinen Dolch hervor und rief dem Gegner irgendetwas in tartarischer Sprache zu.

Butler und Eldar eilten zugleich auf die beiden Streitenden zu und faßten sie bei den Armen. Auf den Schuß hin war auch der Major erschienen.

„Arslan – was fällt dir ein, in meinem Hause eine solche Schändlichkeit zu begehen?“ rief er, als er vernahm, um was es sich handelte. „Das ist schlecht von dir, Bruder. Draußen, im Freien, könnt ihr tun, was ihr wollt, hier aber verbitte ich mir derartige Räuberstücke.“

Arslan Chan, ein winzig kleines Kerlchen mit schwarzem Schnurrbart, war ganz bleich und zitternd vom Pferde gestiegen, blickte voll Haß auf Chadschi Murat und ging dann mit dem Major in dessen Zimmer, während Chadschi Murat sich, schwer atmend, doch dabei lächelnd, zu den Pferden begab.

„Warum wollte er dich töten?“ fragte Butler ihn durch den Dolmetscher.

„Er sagt, es herrsche bei ihnen solch ein Gesetz“, übersetzte ihm der Dolmetscher Chadschi Murats Worte. „Arslan hat noch eine Blutschuld an ihm zu rächen und wollte ihn deshalb töten.“

„Und wenn er ihn jetzt unterwegs überfällt?“ fragte Butler.

Chadschi Murat lächelte.

„Wenn er mich tötet, so war es Allahs Wille. Nun, leb' wohl“, sagte er wiederum auf russisch, faßte nach dem Rist des Pferdes und ließ noch einmal seinen Blick über alle, die ihm das Geleit gaben, gleiten, wobei er Maria Dmitrijewna besonders freundlich ansah.

„Leb' wohl, Mütterchen,“ sagte er zu ihr, „hab' Dank!“

„Wollte Gott, daß du die Deinigen befreien könntest“, sprach Maria Dmitrijewna nochmals.

Er verstand ihre Worte nicht, wohl aber fühlte und verstand er ihre Teilnahme und nickte ihr freundlich zu.

„Vergiß deinen Freund hier nicht“, sagte Butler.

„Sag' ihm, daß ich treue Freundschaft zu halten weiß und ihn nie vergessen werde“, ließ er ihm durch den Dolmetscher sagen. Dann schwang er sich trotz seines lahmen Beines rasch und leicht in den hohen Sattel, befühlte nach alter Gewohnheit seine Pistole, schob den Säbel zurecht und ritt mit einem Schwung und Feuer davon, wie sie nur jenen Bewohnern der Berge eigen waren. Chanefi und Eldar hatten gleichfalls ihre Pferde bestiegen und trabten, nachdem sie sich verabschiedet hatten, hinter ihrem Murschid her.

Unter den Zurückbleibenden entspann sich ein Gespräch über den, der soeben davongeritten war.

„Ein ganzer Kerl ist er doch,“ sagte einer der Offiziere, „wie ein Wolf schoß er auf Arslan Chan los, ganz verwandelt war sein Gesicht.“

„Er wird uns schön anführen,“ meinte Petrowskij, „ich halte ihn für einen großen Schelm.“

„Wollte Gott, daß es unter euch Russen recht viele solche Schelme gäbe“, mischte sich plötzlich Maria Dmitrijewna unwillig ins Gespräch. „Eine ganze Woche hat er hier bei uns gelebt, und niemand hat etwas anderes als nur Gutes von ihm erfahren. Ein umgänglicher, kluger, gerechter Mensch ist er.“

„Hm – woher wissen Sie denn das?“ fragte Petrowsky.

„Ich weiß es eben.“

„Hast dich wohl in ihn vergafft?“ sagte der Major, der eben ins Zimmer zurückgekehrt war. „Es scheint mir wirklich so!“

„Und wenn ich mich vergafft habe – was geht das jemanden an? Man soll einem guten Menschen nichts Böses nachreden. Wenn er auch ein Tatar ist, so ist er darum doch ein guter Mensch.“

„Sehr richtig, Maria Dmitrijewna“, sagte Butler. „Es ist brav von Ihnen, daß Sie für ihn so tapfer eingetreten sind.“

Einundzwanzigstes Kapitel

In den vorgeschobenen Festungen der tschetschenzischen Linie ging das Leben seinen hergebrachten Gang. Zweimal noch war seit dem letzten Überfall in Wosdwischenskoje die Garnison alarmiert worden, und jedesmal waren die Kompagnien wie auch die Milizen hinausgestürmt, doch waren die Bergbewohner, die sich bis an die Festung herangewagt hatten, beide Male entkommen, das eine Mal unter Mitnahme von acht Kosakenpferden, die sie an der Tränke erbeutet hatten. Auch ein Kosak war bei dieser Gelegenheit gefallen. Neue Überfälle waren, seit jenes Tschetschenzendorf zerstört worden war, nicht mehr unternommen worden. Es wurde jedoch eine umfangreiche Expedition nach der großen Tschetschna geplant, die der neue Befehlshaber des linken Flügels, Fürst Barjatinskij, leiten sollte. Fürst Barjatinskij, ein Freund des Thronfolgers, der früher das kabardinische Regiment kommandiert hatte, war sogleich nach seiner Ernennung zum Oberstkommandierenden des gesamten linken Flügels, kaum daß er in Grosnaja angekommen, zur Ausrüstung einer Heeresabteilung geschritten, die den in dem Briefwechsel zwischen Tschernyschew und Woronzow erwähnten Kriegsplan des Kaisers der Verwirklichung näher bringen sollte. Die in Wosdwischenskoje versammelte Abteilung hatte bereits die Festung verlassen und die ihr zugewiesene Position bezogen. Die Truppen standen in der Nähe von Kurinskoje und waren daselbst mit dem Lichten des Waldes beschäftigt. Der junge Woronzow bewohnte ein prächtiges Tuchzelt, und seine Gattin Maria Wassiljewna kam häufig ins Lager und nächtigte daselbst. Ihre Beziehungen zu Barjatinskij waren für niemand ein Geheimnis, und die Offiziere und Soldaten schalten nicht wenig auf sie, weil sie jedesmal, sobald die Fürstin im Lager erschien, auf weit vorgeschobene Nachtposten geschickt wurden. Die Bergbewohner pflegten häufig in der Nacht aus ihren Geschützen das Lager zu beschießen. Die Geschosse blieben zu allermeist wirkungslos, und daher wurde in der Regel auch nichts zur Abwehr unternommen; aber das Geschützfeuer des Feindes konnte Maria Wassiljewna beunruhigen, und das eben sollten die ausgestellten Nachtposten verhindern. Die Soldaten sahen etwas Kränkendes und Unwürdiges in diesem nächtlichen Dienst, der nur den Zweck hatte, die Ruhe einer Dame vor etwaigen Störungen zu bewahren. So manches herbe Wort fiel daher über Maria Wassiljewna aus dem Munde der Soldaten und der nicht zu dem engeren Kreise der Höflinge zugelassenen Offiziere.

Bei dieser Kolonne nun fand sich eines Tages auch Butler ein, der sich aus seiner Festung hatte beurlauben lassen, um die alten Kameraden vom Pagenkorps zu begrüßen, die jetzt im kurinischen Regiment als Adjutanten und Ordonnanzoffiziere Dienst taten. Er hatte in Poltorazkijs Zelt ein Unterkommen gefunden und dort eine ganze Anzahl von Bekannten angetroffen, die ihn freudig willkommen hießen. Er hatte auch Woronzow seine Aufwartung gemacht, mit dem er kurze Zeit beim Regiment zusammen gestanden hatte. Woronzow hatte ihn sehr freundlich aufgenommen, machte ihn mit dem Fürsten Barjatinskij bekannt und lud ihn zu dem Abschiedsmahle ein, das er dem Vorgänger Barjatinskijs, General Koslowskij, zu Ehren veranstaltete.

Das Abschiedsmahl gestaltete sich zu einer höchst solennen Feier. Eine ganze Reihe von Zelten war herangebracht und aufgestellt worden. Die mit kostbarem Speisegeschirr und ganzen Flaschenbatterien bedeckte Festtafel zog sich weithinein an der Zeltreihe entlang. Alles erinnerte an das opulente Treiben der Petersburger Garde. Um zwei Uhr setzte man sich zu Tisch. In der Mitte der Tafel saßen auf der einen Seite Koslowskij, auf der anderen Barjatinskij. Rechts von Koslowskij saß der junge Woronzow, links seine Gattin. Zu beiden Seiten der Tafel waren die Offiziere des kabardischen und des kurinischen Regiments verteilt. Butler saß neben Poltorazkij, beide plauderten vergnügt und tranken mit den ihnen zunächst sitzenden Offizieren. Als man beim Braten angelangt war, schenkten die Burschen die Champagnerkelche voll. Poltorazkij sagte mit aufrichtiger Angst und Teilnahme zu Butler:

„Jetzt wird unser guter Koslowskij sich einmal gründlich blamieren."

„Wieso denn?"

„Er soll eine Rede halten. Was kann der arme Mann wohl vorbringen? Ja, Bruder, das ist nicht so leicht wie im Kugelregen die feindlichen Verhaue nehmen! Noch dazu in Gegenwart einer Dame und dieser Herren vom Hofe! Er tut mir wirklich herzlich leid", meinte gutmütig der eine Offizier zum anderen.

Doch nun kam der feierliche Augenblick. Barjatinskij stand von seinem Platze auf, erhob den Pokal, wandte sich zu Koslowskij hin und hielt eine kurze Rede. Als Barjatinskij geendet hatte, erhob sich Koslowskij und begann schwer ächzend: „Nach dem Allerhöchsten Willen Seiner Majestät verlasse ich Sie und nehme von Ihnen, hm, Abschied, meine Herren Offiziere", sagte er. „Aber betrachten Sie mich stets als einen der Ihrigen . . . Sie alle, meine Herren, hm, kennen die Wahrheit des Wortes: ›Im Felde macht's einer nicht allein, es müssen alle beisammen sein.‹ Darum verdanke ich auch alles, womit ich im Dienste belohnt worden bin . . . alle Gnaden, mit denen ich überschüttet worden bin, hm

. . . alle Gunstbeweise, hm, meines Kaiserlichen Herrn . . . und meine ganze Stellung . . . und meinen guten Namen, hm . . . und alles, alles mit einem Wort . . . verdanke ich, hm . . .," hier begann seine Stimme zu zittern, „verdanke ich einzig und allein Ihnen, meine Freunde!" Sein runzeliges Gesicht wurde noch runzeliger, und er schluchzte auf, und die Tränen traten ihm in die Augen. „Von ganzem Herzen, hm, spreche ich Ihnen, meine Herren, meinen aufrichtigen Dank und meine herzliche Anerkennung aus." Koslowskij konnte nicht weitersprechen, sondern begann die Offiziere, einen nach dem anderen, zu umarmen. Die Fürstin barg ihr Gesicht in ihrem Taschentuche, und der junge Fürst Woronzow verzog den Mund und plinkerte mit den Augen. Viele von den Offizieren begannen zu weinen. Auch Butler, der den alten Koslowskij im übrigen nur wenig kannte, konnte sich der Tränen nicht enthalten. Alles das gefiel ihm ganz außerordentlich. Dann begannen die Toaste auf Barjatinskij, auf Woronzow, auf die Offiziere, die Soldaten, und die Gäste verließen die Tafel trunken vom Wein und von kriegerischer Begeisterung.

Das Wetter war herrlich, so sonnig und still, nur eine ganz leichte, erquickende Brise wehte. Überall knisterten die Lagerfeuer, erklangen fröhliche Lieder. Alles war in festlicher Stimmung. Butler war ganz glücklich, ganz aufgelöst vor Rührung und begab sich in dieser Stimmung in Poltorazkijs Zelt. Hier hatten sich die Offiziere versammelt, der Spieltisch wurde aufgestellt, und der Adjutant legte eine Bank von hundert Rubeln auf. Zweimal verließ Butler, seinen Geldbeutel krampfhaft in der Hosentasche festhaltend, das Zelt, aber obschon er sich selbst und seinen Brüdern das Wort gegeben hatte, nie wieder zu spielen, hielt er es schließlich nicht mehr aus und begann zu setzen. Noch keine Stunde war vergangen, als er, ganz rot, in Schweiß gebadet, über und über mit Kreide beschmutzt, beide Ellbogen auf den Tisch stützend dasaß und ins Blaue hinein Summen auf Summen setzte, die er nicht besaß. Er notierte jeden Satz, immer größer wurde der Verlust, und er fürchtete sich schon, alles zusammenzuzählen. Er wußte, daß, wenn er selbst den größten zulässigen Vorschuß auf sein Gehalt und das Futterkonto seines Pferdes entnahm, er doch nicht imstande war, seine Spielschuld an den ihm unbekannten Adjutanten zu bezahlen. Er hätte noch immer weitergespielt, aber der Adjutant legte mit strenger Miene die Karten aus den sauberen weißen Händen und begann die angekreideten Zahlenreihen, die Butlers Verluste angaben, zusammenzuzählen. Butler entschuldigte sich ganz verwirrt, daß er nicht sogleich alles, was er verloren, bezahlen könne, und sagte, er wolle das Geld von Hause aus schicken. Als er das sagte, merkte er, daß er den anderen leid tat, und daß alle, selbst Poltorazkij, seinem Blicke auswichen. Es sollte diesmal wirklich das letztemal sein. Wie schön wäre es doch gewesen, dachte er, wenn er, statt zu spielen, zu Woronzow gegangen wäre, wohin er ja eingeladen war. Jetzt aber war es nicht nur nicht schön, sondern geradezu entsetzlich. Er nahm Abschied von den Freunden und Bekannten und ritt nach Hause. Kaum in seinem Quartier angekommen, legte er sich schlafen und schlief achtzehn Stunden hintereinander, so fest und tief, wie man nur nach großen Spielverlusten zu schlafen pflegt. Maria Dmitrijewna hatte es ihm sogleich angesehen, daß er im Spiel verloren hatte: sie sah es an seiner trübseligen Miene, seinen kurzen Antworten und auch daran, daß er sich von ihr einen halben Rubel borgte, den er dem Kosaken, der ihn begleitet hatte, als Trinkgeld gab. Sie schob die ganze Sache auf Iwan Matwjejewitsch, dem sie ganz gehörig den Kopf wusch, weil er Butler überhaupt fortgelassen hatte.

Als Butler am nächsten Tage gegen Mittag erwachte und sich seine Lage vergegenwärtigte, wäre er am liebsten wieder in den Zustand des Vergessens zurückgesunken, aus dem er soeben erwacht war. Doch war dies unmöglich, und so mußte er überlegen, wie er die vierhundertundsiebzig Rubel, die er jenem fremden Menschen schuldig war, bezahlen könnte. Er schrieb zunächst an seinen Bruder, beichtete reuig seine Sünden und bat ihn, ihm zum letztenmal fünfhundert Rubel zu schicken, er solle sie auf die Mühle verrechnen, die ihnen noch gemeinsam gehörte. Dann schrieb er an eine Verwandte, eine sehr geizige Dame, und bat sie, ihm zu jedem beliebigen Zinsfuße die fünfhundert Rubel zu leihen. Und endlich sprach er bei Iwan Matwjewitsch vor – er wußte, daß dieser, oder vielmehr Maria Dmitrijewna, einiges Geld besaß – und bat ihn, ihm die fünfhundert Rubel vorzuschießen. „Von Herzen gern," sagte der Major, „sofort würde ich sie dir geben, aber Mascha rückt damit nicht heraus. Diese Weiber sind ja so habgierig, der Teufel soll sie holen. Aber du mußt dich entschieden aus der Sache herauswickeln, weiß der Teufel! Vielleicht sprichst du mal mit dem Kerl, dem Marketender?"

Doch auch mit dem Marketender war nichts zu machen, und so mußte Butler schon warten, ob ihm von seinem Bruder oder von der geizigen Verwandten Rettung kam.

Zweiundzwanzigstes Kapitel

Chadschi Murat hatte in der Tschetschna seinen Zweck nicht erreicht. Er war nach Tiflis zurückgekehrt und fand sich nun jeden Tag beim Statthalter

Woronzow ein. Nicht immer wurde er zur Audienz zugelassen, geschah es jedoch, dann beschwor er den Statthalter, doch soviel wie möglich von den gefangenen Bergbewohnern zu sammeln und gegen seine in Schamyls Gewalt befindliche Familie einzutauschen. Er sagte, er fühle sich gebunden, solange dies nicht geschehen sei, und könne, so sehr er dies auch wünsche, den Russen nicht eher bei der Vernichtung Schamyls helfen. Woronzow hielt ihn mit unbestimmten Zusagen hin und sagte, er wolle tun, was in seinen Kräften liege, doch schob er die Sache immer wieder hinaus und meinte schließlich, eine endgültige Entscheidung könne er erst treffen, sobald General Argutinskij nach Tiflis gekommen wäre, mit dem er die Angelegenheit unbedingt besprechen müsse. Da bat Chadschi Murat den Statthalter, er möchte ihm gestatten, sich nach Nucha, einem kleinen Städtchen in Transkaukasien, zu begeben, von wo aus er die Unterhandlungen mit Schamyl wegen der Befreiung der Seinigen leichter führen könne. Außerdem sei in dem mohammedanischen Nucha eine Moschee vorhanden, in der er die ihm von seiner Religion vorgeschriebenen Gebete bequemer verrichten könne. Woronzow berichtete hierüber nach Petersburg und gestattete vorläufig Chadschi Murat auf seine eigene Verantwortung, sich nach Nucha zu begeben.

Für Woronzow, für die Petersburger Behörden, für alle Russen überhaupt, soweit sie Chadschi Murats Geschichte kannten, bedeutete diese ganze Angelegenheit eine glückliche Wendung im Kaukasuskriege oder einfach einen interessanten Zwischenfall. Für Chadschi Murat dagegen gestaltete sie sich, zumal in der letzten Zeit, zu einer furchtbaren Katastrophe in seinem Leben. Er war aus den Bergen geflohen, teils um sich selbst zu retten, teils aus Haß gegen Schamyl, an dem er sich mit Hilfe der Russen zu rächen hoffte. Welche Schwierigkeiten sich auch seiner Flucht entgegengestellt hatten, sie war doch schließlich gelungen. Anfänglich freute er sich über diesen Erfolg und dachte allen Ernstes daran, im Verein mit den Russen Schamyl zu überfallen und zu vernichten. Bald aber stellte sich heraus, daß die Befreiung seiner Familie, die sich weit schwieriger gestaltete, als er angenommen hatte, ihn bei der Ausführung seiner Pläne schwer behinderte. Schamyl hatte sich der Seinigen bemächtigt, hielt sie gefangen und drohte, sie in die Dörfer zu verteilen und seinen Sohn zu blenden oder zu töten. Wenn Chadschi Murat sich jetzt nach Nucha begab, so geschah es vor allem in der Absicht, unter Beihilfe seiner Anhänger in Daghestan mit List oder mit Gewalt seine Familie dem Todfeind zu entreißen. Der letzte Bote, der bei ihm in Nucha gewesen, hatte ihm berichtet, daß die ihm ergebenen Awaren bereit seien, seine Familie zu entführen und mit ihr zugleich zu den Russen überzugehen, doch sei die Zahl derjenigen, die sich an der Ausführung dieses Planes beteiligen wollten, noch zu gering. Vor allem könnten sie sich nicht entschließen, die Frauen und Kinder Chadschi Murats aus dem wohlbewachten Orte, an dem sie sich jetzt befanden, zu entführen, sie wollten es erst tun, wenn sie an einen anderen Ort übergeführt würden, und zwar gerade, während der Überführung. Chadschi Murat ließ seinerseits den Freunden sagen, er setze für die Befreiung seiner Familie eine Belohnung von dreitausend Rubeln aus.

In Nucha hatte man Chadschi Murat ein kleines Haus mit fünf Zimmern angewiesen, das in der Nähe der Moschee und des Palastes der Chane lag. Er wohnte in diesem Hause mit dem ihm beigegebenen Offizier, einem Dolmetscher und seinen Muriden zusammen, zu denen sich noch Bata gesellt hatte. Die Erwartung der kommenden Dinge, die Verhandlung mit den Boten aus dem Gebirge und die ihm gestatteten Spazierritte in der Umgegend füllten Chadschi Murats Zeit in diesen Wochen aus.

Als er am 8. April von einem Spazierritt heimkehrte, vernahm er, daß in seiner Abwesenheit ein Beamter Woronzows aus Tiflis angekommen sei. So gespannt er auch war, zu erfahren, was für Nachrichten der Beamte ihm gebracht haben möchte, so konnte er doch nicht umhin, bevor er ihn sah, in seinem Zimmer das Mittagsgebet zu verrichten. Dann erst begab er sich nach dem zugleich als Wohn- und Empfangszimmer dienenden Räume, in dem der Tifliser Beamte mit dem Kommissar ihn erwartete. Der Beamte, ein Staatsrat Kirillow, überbrachte Chadschi Murat den Wunsch des Statthalters, er möchte sich am 12. des Monats zu einer Besprechung mit Argutinskij in Tiflis einfinden.

„Jakschi“, sagte Chadschi Murat unwirsch. Der Beamte Kirillow mißfiel ihm ganz entschieden. „Hast du das Geld mitgebracht?“

„Ich habe es mit“, sagte Kirillow.

„Es ist jetzt für vierzehn Tage zu zahlen“, sprach Chadschi Murat, die Zahl 14 mit den Fingern andeutend. „Gib her!“

„Gleich sollst du es haben“, sagte der Beamte und holte einen Beutel aus seiner Reisetasche hervor. „Wozu braucht er eigentlich Geld?“ meinte er auf russisch zu dem mitanwesenden Kommissar, in der Meinung, daß Chadschi Murat ihn nicht verstehe. Chadschi Murat aber verstand, was er sagte, und warf ihm einen grimmigen Blick zu. Kirillow suchte, während er das Geld aufzählte, ein Gespräch mit Chadschi Murat anzuknüpfen, um nach seiner Rückkehr dem Statthalter recht viel Neues von ihm erzählen zu können. Er ließ ihn durch den Dolmetscher fragen, ob er sich in Nucha nicht langweile. Chadschi Murat sah den dicken kleinen Mann im Beamtenrock, ohne Degen, verächtlich von der Seite an und gab keine Antwort. Der Dolmetscher wiederholte Kirillows Frage.

„Sag' ihm, ich will nicht mit ihm sprechen, er soll nur das Geld bezahlen", sprach er und setzte sich an den Tisch, um das Geld nachzuzählen.

Chadschi Murat erhielt fünf Goldstücke täglich, und Kirillow hatte ihm sieben Rollen zu je zehn Goldstücken hingelegt. Chadschi Murat schüttete das aus den Rollen genommene Gold in den Ärmel seiner Tscherkeska, erhob sich dann plötzlich, gab dem Beamten einen kräftigen Klaps auf die Schulter und wollte in sein Zimmer gehen. Der Staatsrat sprang auf und ließ ihm durch den Dolmetscher sagen, er dürfe sich solche Späße nicht herausnehmen, da er es mit jemandem zu tun habe, der den Rang eines Generals besitze. Der Kommissar beeilte sich, dies zu bestätigen, doch Chadschi Murat begnügte sich, mit dem Kopfe zu nicken, zum Zeichen, daß ihm diese Tatsache wohl bekannt sei, und ging trotzdem hinaus.

„Was soll man mit ihm schon machen", sagte der Kommissar. „Ehe man sich's versieht, versetzt er einem eins mit dem Dolche. Mit diesem Burschen ist nicht zu spaßen. Es scheint, daß er schon ungeduldig wird."

Als es dunkel wurde, kamen aus den Bergen zwei bis an die Augen in ihren Baschliks steckende Boten. Der Kommissar führte sie in Chadschi Murats Zimmer. Einer der Boten war ein wohlbeleibter, schwarzer Tawliner, der andere ein hagerer alter Mann. Die Nachrichten, die sie Chadschi Murat brachten, waren nicht erfreulich. Die Freunde, die die Rettung seiner Familie hatten ins Werk setzen wollen, sandten ihm eine runde Absage – sie fürchteten sich vor Schamyl, der allen denjenigen, die es mit Chadschi Murat hielten, die furchtbarsten Strafen androhte. Nachdem Chadschi Murat den Bericht der Boten vernommen, stützte er die Ellbogen auf die untergeschlagenen Beine, ließ den mit der Lammfellmütze bedeckten Kopf sinken und schwieg eine ganze Weile. Er sann und sann, um zu einem Entschlusse zu kommen. Er wußte, daß ihm zum Überlegen keine Zeit mehr blieb, daß er unbedingt jetzt eine Entscheidung treffen mußte. Er hob den Kopf empor, zog zwei Goldstücke heraus, gab jedem der Boten eins davon und sagte kurz: „Ihr könnt gehen."

„Welche Antwort sollen wir überbringen?"

„Die Antwort, die Gott gibt. Nun geht!"

Die Boten erhoben sich und gingen. Chadschi Murat aber blieb, die Ellbogen auf die Knie gestützt, noch eine ganze Weile, in Nachdenken versunken, sitzen.

„Was soll ich tun? Soll ich Schamyl Glauben schenken und zu ihm zurückkehren?" dachte Chadschi Murat. „Er ist ein Fuchs, er wird mich betrügen.

Und wenn er mich auch nicht betrügt, so kann ich mich doch diesem rothaarigen Betrüger nicht unterwerfen. Ich kann es darum nicht, weil er jetzt, nachdem ich bei den Russen gewesen bin, mir nicht mehr trauen wird."

Ein tawlinisches Märchen fiel ihm ein – von dem Falken, der gefangen gewesen war, bei den Menschen gelebt hatte und dann wieder in seine Berge zu den Falken zurückkehrte. Wohl war er zurückgekehrt – aber er hatte die Fesseln und Schellen noch an den Füßen, die er in der Gefangenschaft getragen. Und die Falken wollten nichts von ihm wissen. „Flieg' dahin zurück, wo man dir die silbernen Schellen angelegt hat, bei uns trägt man weder Schellen noch Fesseln." Der Falke aber wollte durchaus in der Heimat bleiben. Da fielen die anderen Falken über ihn her und hackten so lange mit den Schnäbeln auf ihn ein, bis er tot war.

„So werden sie auch mich tothacken", dachte Chadschi Murat. „Soll ich nicht lieber hier bleiben, nicht lieber dem russischen Zaren helfen, den Kaukasus zu unterwerfen und damit Ruhm, Ehrenstellen und Reichtum erwerben? Das wäre kein übles Ziel", sagte er sich, und die freundlichen Worte des Statthalters fielen ihm ein. „Doch dann heißt es einen raschen Entschluß fassen, sonst sind die Meinigen verloren."

Die ganze Nacht verbrachte Chadschi Murat schlaflos und sann und sann.

Dreiundzwanzigstes Kapitel

Um die Mitte der Nacht hatte er seinen Entschluß gefaßt, Er hatte sich dahin entschieden, daß er in die Berge fliehen, mit den ihm ergebenen Awaren in Schamyls Residenz einfallen und entweder untergehen oder die Seinigen befreien müsse. Ob er mit ihnen zu den Russen zurückkehren oder nach Chunsach gehen und unter Schamyls Fahnen kämpfen würde, wollte er noch nicht entscheiden. Er wußte nur, daß er jetzt gleich die Russen verlassen und in die Berge fliehen müsse. Und er traf sogleich alle Veranstaltungen, um seinen Entschluß zur Ausführung zu bringen. Er zog seinen schwarzen, wattierten Beschmet unter dem Kissen hervor und begab sich nach dem Zimmer, in dem seine Muriden untergebracht waren. Es war durch den Hausflur von seinem Zimmer getrennt. Als er in den Hausflur trat, verspürte er die Kühle der taufrischen Mondnacht, die durch die offene Haustür hereinströmte, und vernahm das Trillern und Flöten der Nachtigallen in dem an das Haus anstoßenden Garten.

Er durchschritt den Hausflur und öffnete die Tür nach dem Zimmer der Muriden. Es war kein Licht darin, nur die Sichel des zunehmenden Mondes warf ihren silbernen Schein ins Zimmer. Der Tisch und die beiden Stühle waren zur Seite gerückt, und vier der Muriden lagen auf Teppichen und Filzmänteln hingestreckt da. Chanefi schlief draußen bei den Pferden. Als Hamsalo das Knarren der Tür vernahm, richtete er sich auf, sah Chadschi Murat groß an und legte sich, als er ihn erkannt hatte, wieder hin. Eldar hingegen, der neben ihm lag, sprang auf und begann in Erwartung eines Befehls seinen Beschmet anzuziehen. Chan Mahoma und Bata schliefen. Chadschi Murat legte seinen Beschmet auf den Tisch. Ein Geräusch, wie wenn ein fester Gegenstand dumpf aufschlüge, ließ sich vernehmen – es rührte von dem Golde her, das in den Beschmet eingenäht war.

„Näh' auch das da noch ein," sagte Chadschi Murat zu Eldar und reichte ihm die Goldstücke, die ihm Kirillow gebracht hatte. Eldar nahm das Gold und den Beschmet, ging an das vom Mondlicht erhellte Fenster, zog sein kleines Messer unter dem Dolch hervor und begann das Futter des Beschmets aufzutrennen. Hamsalo hatte sich gleichfalls wieder erhoben und saß mit gekreuzten Beinen da.

„Und du, Hamsalo, sag' unseren Jungen, sie sollen ihre Gewehre und Pistolen nachsehen und sich von Patronen in Vorrat zurecht machen. Morgen treten wir einen langen Marsch an", sagte Chadschi Murat.

„Kugeln und Pulver sind da, alles wird bereit sein", sagte Hamsalo und stieß einen unverständlichen Laut aus. Hamsalo begriff, weshalb Chadschi Murat alle diese Vorbereitungen treffen ließ. Er hatte von Anfang an nur den einen Wunsch gehabt, der mit der Zeit in ihm immer stärker und stärker geworden war: recht viele von diesen russischen Hunden niederzuschlagen und niederzustechen und dann wieder in die Berge zu fliehen. Jetzt sah er, daß auch Chadschi Murat nichts anderes wollte, und er war zufrieden.

Als Chadschi Murat hinausgegangen war, weckte Hamsalo die Gefährten, und alle vier brachten nun den Rest der Nacht damit zu, ihre Büchsen, Pistolen und Feuersteine nachzusehen, die unbrauchbaren gegen neue umzutauschen, frisches Pulver auf die Pfannen zu schütten, die Patronenhülsen, die sie vorn an der Tscherkeska befestigt hatten, mit der nötigen Pulvermenge zu füllen und mit den in ölige Läppchen gewickelten Kugeln zu verstopfen, die Säbel und Dolche zu schleifen und die Klingen einzuölen.

Bevor noch der Tag anbrach, trat Chadschi Murat wieder in den Hausflur, um Wasser zu seinen Waschungen zu holen. Noch heller und lauter als am Abend klang jetzt, vor Tagesanbruch, das süße Lied der Nachtigallen an sein Ohr. Aus der Stube der Muriden vernahm er den halb zischenden, halb kratzenden Laut, den das Wetzen der Dolche auf dem Stein hervorbrachte. Chadschi Murat hatte bereits Wasser aus der Tonne geschöpft und näherte sich wieder der Tür seines Zimmers, als er aus der Stube der Muriden plötzlich leisen Gesang vernahm: Chanefi war es, der ein Chadschi Murat bekanntes Lied angestimmt hatte. Er blieb stehen und lauschte. In dem Liede wurde erzählt, wie der Dschigit Hamsat mit seinen tapferen Genossen eine Herde weißer Rosse bei den Russen geraubt, wie der Russenfürst sie jenseits des Terek eingeholt und mit seinen Kriegern, die so zahllos waren wie die Bäume des Waldes, umzingelt habe. Das Lied schilderte weiter, wie Hamsat die Pferde getötet, und wie er mit seinen Genossen hinter dem blutigen Wall, den sie aus den Pferdeleibern gebildet, sich so lange gegen die Russen gewehrt hätten, als sie noch eine Kugel im Laufe und den Dolch am Gürtel und Blut in ihren Adern gehabt hätten. Und bevor Hamsat gestorben, habe er eine Vogelschar oben am Himmel erblickt und den gefiederten Boten zugerufen: „Fliegt hin, ihr lieben Vögel, fliegt nach unsern Häusern und sagt unsern Schwestern und Müttern und unsern weißen Mädchen, daß wir alle für das Chasawat gestorben sind. Sagt ihnen, daß unsere Leiber nicht in Gräbern liegen werden, sondern daß gierige Wölfe unsere Glieder verschleppen und benagen und schwarze Raben uns die Augen aus den Höhlen hacken werden." Damit endete das Lied, dessen letzte, melancholisch klingende Worte auch der muntere Bata mitgesungen und um ein laut hinausgeschmettertes „*Lailacha illach*" erweitert hatte. Dann war alles still geworden, und Chadschi Murat vernahm wieder nur das Flöten der Nachtigall und das Wetzen der Dolche hinter der Tür. Er war so in Gedanken versunken, daß er gar nicht bemerkte, wie der Wassertrug sich überneigte und das Wasser aus ihm überfloß. Er schüttelte über sich selbst den Kopf und begab sich in sein Zimmer. Nachdem er das Morgengebet verrichtet, untersuchte er seine Waffen und setzte sich dann auf sein Lager. Alle Vorbereitungen waren getroffen. Wollte er ausreiten, dann mußte er den Kommissar um Erlaubnis fragen. Es war jedoch noch dunkel, und der Kommissar schlief wohl noch.

Chanefis Lied hatte Chadschi Murat an jenes andere Lied erinnert, das seine Mutter Patimat dereinst gedichtet hatte, nachdem der Vater sie, die ihn als Säugling an der Brust hielt, mit dem Dolche verwundet hatte. Er stellte sich lebhaft seine Mutter vor, nicht als die alte, runzelige, grauhaarige Patimat mit den schwarzen Zahnstumpfen, als die er sie zuletzt verlassen, sondern als hübsches, junges, kräftiges Weib, wie sie ihn, den fünfjährigen, schweren Jungen, in einem Korbe auf dem Rücken über die Berge zum Großvater getragen. Und er gedachte auch des runzeligen, graubärtigen Großvaters, der mit seinen sehnigen Armen das Silber schmiedete und den Enkel die Gebete lehrte.

Er gedachte des Springbrunnens am Fuße des Berges, zu dem er mit der Mutter, sich an ihren Pumphosen festhaltend, nach Wasser gegangen war. Er gedachte des mageren Hundes, der ihm das Gesicht geleckt hatte, und des rauchigen Dunstes und säuerlichen Milchgeruchs, der die Luft erfüllte, wenn er mit der Mutter beim Melken der Kühe und beim Abkochen der Milch zugegen war. Er gedachte des Tages, da ihm zum erstenmal der Kopf rasiert worden war: wie er damals seinen runden, bläulich schimmernden Schädel in dem glänzenden Kupferbecken erblickt hatte und über sein Aussehen höchst verwundert war. Und wie er so seiner eigenen Jugend gedachte, trat ihm auch sein geliebter Sohn Jussuf vor die Seele, dem er selbst zum ersten Mal den Kopf rasiert hatte. Jetzt war dieser Jussuf schon ein stattlicher junger Dschigit. Er sah seinen Sohn so, wie er ihn zum letzten Male gesehen, das war an jenem Tage, da er sein Heimatsdorf Zelmes verließ. Der Sohn hatte ihm sein Roß vorgeführt und ihn gebeten, mit ihm ziehen zu dürfen. Er war bereits angezogen und bewaffnet und hielt sein eigenes Roß am Zügel. Jussufs hübsches, rotwangiges Gesicht und seine ganze schlanke, stattliche Gestalt – er war größer als der Vater – strotzte nur so von Lebenslust, Mut und Jugendfrische. Die trotz seiner jungen Jahre bereits gutentwickelten, breiten Schultern, die wohlgebildeten, schlanken Hüften, die kräftigen Arme und die Gewandtheit und Sicherheit, die sich in allen Bewegungen des jugendlichen Körpers ausdrückte, waren stets die Augenweide und Freude des Vaters gewesen.

„Bleib lieber daheim“, hatte Chadschi Murat zu ihm gesagt. „Du bist jetzt der einzige Mann im Hause. Beschütze deine Mutter und deine Großmutter.“

Und Chadschi Murat gedachte jenes kühnen, stolzen Ausdrucks in Jussufs freudig errötendem Gesichte, als er zur Antwort gab, daß, so lange er lebe, weder seiner Mutter noch seiner Großmutter ein Leid zugefügt werden solle. Er hatte sich aufs Pferd geschwungen und dem Vater bis zum Bache das Geleit gegeben, dann war er zurückgekehrt, und seither hatte Chadschi Murat weder Gattin noch Mutter noch Sohn gesehen. Und diesen Sohn wollte Schamyl jetzt des Augenlichts berauben. Daran, was der Schändliche seiner Gattin zugedacht, mochte Chadschi Murat gar nicht denken.

Diese Gedanken und Erinnerungen hatten Chadschi Murat so erregt, daß er nicht mehr ruhig dasitzen konnte. Er sprang auf, schritt mit seinem hinkenden Gange rasch nach der Tür, öffnete diese und rief Eldar herein. Die Sonne war noch nicht aufgegangen, doch war es bereits ganz hell. Die Nachtigallen sangen noch immer.

„Geh, sag' dem Kommissar, daß ich einen Spazierritt machen möchte, und sattelt eure Pferde“, sagte er.

Vierundzwanzigstes Kapitel

Butlers einziger Trost während dieser ganzen Zeit war die Poesie des Krieges, die er nicht nur im Dienste, sondern auch außerhalb desselben, in seinem Privatleben, suchte und fand. Mit Vorliebe trug er sein tscherkessisches Kostüm, tummelte nach Art der Dschigits sein Roß und legte sich mit dem wegen seiner Tapferkeit berühmten Bogdanowitsch zweimal in den Hinterhalt, um die Feinde zu belauern – beide Male jedoch vergeblich, da ihnen niemand ins Garn ging. Die nähere Bekanntschaft und Freundschaft, die er mit Bogdanowitsch schloß, gab ihm in seinen eigenen Augen einen ganz besonderen kriegerischen Nimbus. Seine Spielschuld hatte er bezahlt, ein Jude hatte ihm gegen ungeheure Zinsen das Geld vorgestreckt. Er verhehlte sich nicht, daß dies nur ein Aufschub war, daß die drückende Verpflichtung bestehen blieb, doch bemühte er sich, nicht weiter über seine Lage nachzudenken, und soweit die Poesie des Krieges ihm nicht die Situation hinwegtäuschte, half er mit kaukasischem Rotwein nach. Er trank immer mehr und mehr und verlor mit jedem Tage mehr seinen sittlichen Halt. Was Maria Dmitrijewna betraf, so war er ihr gegenüber nicht mehr der keusche Josef, sondern machte ihr in ziemlich grober Weise den Hof, stieß jedoch zu seinem nicht geringen Erstaunen bei ihr auf einen recht energischen Widerstand und mußte beschämt von ihr ablassen.

Gegen Ende April traf in der Festung die Kolonne ein, die Barjatinskij für die neue Expedition nach der für undurchdringlich gehaltenen Tschetschna bestimmt hatte. Zu der Kolonne gehörten auch zwei Kompagnien des kabardinischen Regiments, die nach einer beim kaukasischen Heere eingeführten Sitte von den in Kurinskoje liegenden Kompagnien als Gäste aufgenommen und bewirtet wurden. Die Soldaten der Kolonne begaben sich nach der Kaserne und wurden dort nicht nur mit einem aus Rindfleisch und Grütze bestehenden Abendbrot, sondern auch mit Branntwein regaliert, während die Offiziere bei den Kameraden Quartier nahmen und nach gutem altem Brauch von diesen bewirtet wurden. Das Ende vom Liede war ein großes Zechgelage, bei dem die Kompagniechöre ihre Lieder zum besten gaben. Major

Petrow hatte einen so mächtigen Rausch, daß sein Gesicht nicht mehr rot, sondern blaßgrau aussah und er, rittlings auf einem Stuhle sitzend, laut schimpfend und lachend mit dem Säbel nach einem vermeintlichen Feinde schlug, zur Abwechselung die Kameraden umarmte und nach dem Takte seines Lieblingsliedes: „Schamyl war ein schlimmer Mann, machte Rebellion – trairai ratatai, machte Rebellion!“ – einen Tanz aufführte. Auch Butler war mit von der Gesellschaft und er war geneigt, auch in den Streichen des Majors ein Stück lustiger Kriegspoesie zu sehen, wenn ihm dieser nicht andererseits leid getan hätte. Es war mit ihm, sobald er erst so weit war, gar nichts mehr anzufangen, und so begab sich Butler, der auch selbst schon ein wenig benommen war, in aller Stille allein nach Hause. Der Vollmond schien auf die kleinen weißen Häuser und die steinige Straße herab. Es war so hell, daß jeder Kiesel, jeder Strohhalm, jedes Stück Kuhdünger auf der Straße zu erkennen war. Als Butler sich dem Hause des Majors näherte, stieß er plötzlich auf Maria Dmitrijewna, die ein Tuch um Kopf und Hals geschlagen hatte und irgendwohin ging. Nach der Abweisung, die Butler bei ihr erfahren, schämte er sich ein klein wenig und wäre ihr am liebsten aus dem Wege gegangen. Aber der Mondschein und der Wein, den er getrunken, taten das Ihrige, und so trat er, anscheinend sehr erfreut über die Begegnung, auf sie zu.

„Wohin denn so spät?“ fragte er in einschmeichelndem Tone.

„Ich will einmal nach meinem Alten sehen“, antwortete sie freundlich. So entschieden sie auch Butlers Bewerbungen abgelehnt hatte, so peinlich war es ihr doch wieder, daß er ihr in der letzten Zeit ganz aus dem Wege gegangen war.

„Was ist da groß nachzusehen? Er wird schon von selbst kommen.“

„Meinen Sie?“

„Wenn er nicht kommt, wird man ihn eben bringen.“

„Das ist's ja, was ich nicht möchte. Es ist immer so peinlich. Sie meinen, ich soll nicht hingehen?“ sagte Maria Dmitrijewna.

„Nein, gehen Sie nicht. Kommen Sie lieber mit nach Hause.“

Maria Dmitrijewna machte kehrt und ging mit Butler zurück. Der Mond schien so hell, daß Butler trotz des beschattenden Tuches ihr sympathisches Gesicht deutlich sehen konnte. Er schaute sie an und hätte ihr gern sagen mögen, wie sehr sie ihm noch immer gefalle, doch wußte er nicht, wie er sein Kompliment herausbringen sollte, ohne einen neuen Abfall zu erleben. Sie wartete ihrerseits, was er wohl sagen würde, und so waren sie schweigend bis in die Nähe des Hauses gekommen, als plötzlich eine Reiterschar, eine Abteilung Kosaken mit einem Offizier an der Spitze, aus einer Seitengasse nach der Straße einbog.

„Wer kommt denn da noch so spät?“ sagte Maria Dmitrijewna und wich den Reitern zur Seite aus. Der Mond schien diesen auf den Rücken, so daß sie den voranreitenden Offizier erst erkannte, als er ganz dicht neben ihnen war. Es war ein Leutnant Kamenew, der früher mit Major Petrow zusammen gedient hatte und von damals her mit Maria Dmitrijewna bekannt war.

„Peter Nikolajewitsch – sind Sie es?“ sprach sie den Offizier an.

„Ich selbst in eigener Person“, versetzte Kamenew. „Ah, Butler – guten Abend! Sie schlafen noch nicht, sondern promenieren hier mit Maria Dmitrijewna? Daß Ihnen der Major nur nicht auf den Kopf kommt! Wo steckt er denn?“

„Hören Sie denn nicht?“ sagte Maria Dmitrijewna und zeigte nach der Richtung, aus der sich das Dröhnen einer großen türkischen Trommel und lauter Liederklang vernehmen ließ.

„Dort zechen sie wieder mal ganz gehörig.“

„Wer denn? Die hiesigen Herren?“

„Nicht die allein – es sind Gäste da, Kameraden aus Chissif-Jurta.“

„Ah, da hab' ich's ja gut getroffen. Ich muß den Major sprechen, nur einen Augenblick . . .“

„Was gibt's? Geschäfte?“ fragte Butler.

„Ja, eine kleine Sache.“

„Gut oder schlimm?“

„Wie man's nimmt. Für uns entschieden gut – für andere Leute mag's schlimm sein“, meinte Kamenew lächelnd.

In diesem Augenblick waren sie ganz dicht am Hause des Majors angekommen.

„Heda, Tschichirew!“ rief Kamenew einem seiner Kosaken zu, „kommt doch mal heran!“

Einer der donischen Kosaken ritt aus der Reihe heraus und kam an die Offiziere heran. Er trug die Felduniform seines Truppenteils, hohe Stiefel, den Mantel und den Quersack hinterm Sattel.

„Hol' das Ding mal heraus“, sagte Kamenew, während er vom Pferde stieg.

Der Kosak stieg gleichfalls ab und holte aus dem Quersack einen zweiten kleineren Sack hervor, in dem sich ein rundlicher Gegenstand befand. Kamenew nahm den Sack aus der Hand des Kosaken und steckte die Hand hinein.

„Wollen Sie es sehen? Erschrecken Sie aber nicht“, wandte er sich an Maria Dmitrijewna.

„Warum soll ich denn erschrecken?“ meinte sie.

„Da!“ sagte Kamenew, zog einen menschlichen Kopf aus dem Sacke und hielt ihn gerade gegen das Mondlicht.

„Erkennen Sie ihn?“

Es war ein glattrasierter Kopf, mit zwei Wülsten über den Augen und kurz gehaltenem schwarzem Barte. Das eine Auge stand offen, das andere war halb geschlossen; der blutige Schädel war von Säbelhieben zerhackt, und in den Nasenlöchern befand sich geronnenes schwarzes Blut. Um den Hals war ein blutiges Handtuch gewickelt. Trotz der Wunden, die auch das Gesicht entstellten, lag ein kindlich gutmütiger Ausdruck um die blauen Lippen.

Maria Dmitrijewna sah eine Weile hin, wandte sich dann um und ging, ohne ein Wort zu sagen, mit raschen Schlitten in das Haus.

Butler vermochte seine Augen von dem grausigen Bilde nicht abzuwenden: es war der Kopf Chadschi Murats, mit dem er noch vor ganz kurzer Zeit die Abende in so freundschaftlichen Gesprächen verbracht hatte.

„Wie ist denn das gekommen? Wer hat ihn getötet?“ fragte er.

„Ausrücken wollte er, aber wir haben ihn gekriegt“, sagte Kamenew, übergab den Kopf dem Kosaken und ging selbst mit Butler in das Haus hinein. „Er ist übrigens als ein Held gestorben“, fügte er hinzu.

„Wie konnte das nur geschehen?“

„Warten Sie, bis Iwan Matwjejewitsch kommt, dann will ich alles haarklein erzählen. Das ist ja meine Mission. Ich reite von Festung zu Festung, von Dorf zu Dorf, und zeige ihn herum.“

Man schickte nach Iwan Matwjejewitsch. Er kam schwer betrunken an, mit zwei Offizieren, die gleichfalls einen tüchtigen Rausch hatten, und begann Kamenew zu umarmen.

„Ich habe Ihnen Chadschi Murats Kopf mitgebracht“, sagte Kamenew.

„Nicht möglich! Habt ihr ihn getötet?“

„Ja, er wollte uns entwischen.“

„Ich hab's ja immer gesagt: er wird uns hinters Licht führen. Wo hast du ihn also, den Kopf? Zeig' mal her!“

Man rief den Kosaken, und er brachte den Sack mit dem Kopfe. Der Kopf wurde herausgenommen, und Iwan Matwjejewitsch sah ihn lange mit seinen trunkenen, blöden Augen an.

„Er war doch ein ganzer Kerl“, sagte er. „Gib her – ich will ihn küssen!“

„Ein pfiffiger Kopf war's – ja, das muß man ihm lassen“, meinte einer der Offiziere.

Nachdem alle den Kopf zur Genüge betrachtet hatten, wurde er wieder dem Kosaken übergeben. Dieser legte ihn in den Sack zurück und setzte diesen vorsichtig, damit er kein Geräusch mache, auf den Boden.

„Sag' mal, Kamenew – was erzählst du denn den Leuten, wenn du ihn so herumzeigst?" fragte einer der Offiziere.

„Nein, gib ihn her, ich muß ihn noch einmal küssen – er hat mir ja einen Säbel geschenkt!" schrie der Major.

Butler trat auf die Haustreppe hinaus. Maria Dmitrijewna saß dort auf der zweiten Stufe. Sie warf einen Blick auf Butler und wandte sich dann zornig ab.

„Was ist Ihnen denn, Maria Dmitrijewna?" fragte Butler.

„Ihr seid alle Mörder! Ich kann euch nicht leiden, ihr – Mörder", sagte sie und erhob sich.

„So kann es doch jedem von uns gehen", meinte Butler, der nicht recht wußte, was er sagen sollte. „Das ist mal nicht anders im Kriege . . ."

„Im Kriege? Ist denn das noch Krieg? Mörder seid ihr, weiter nichts! Statt den Toten der Erde zu übergeben, treibt ihr euren Spott mit ihm – ihr Mörder!" wiederholte sie immer wieder, ging dann die Treppe hinunter und verschwand um die Hausecke, um durch den hinteren Eingang nach ihrem Zimmer zu gehen.

Butler kehrte in das Zimmer des Majors zurück und bat Kamenew, zu erzählen, wie sich alles zugetragen. Und dieser erzählte, was er wußte.

Fünfundzwanzigstes Kapitel

Es war Chadschi Murat gestattet worden, in der Nähe der Stadt Spazierritte zu machen, doch nur in Begleitung einer Kosakeneskorte. Es befand sich in Nucha im ganzen ein halbes Hundert Kosaken, von denen zehn Mann beim Kommando Dienst taten, während die anderen da und dort Verwendung fanden und für die erforderlichen Dienstleistungen oft kaum genügten. Sollten nun, wie angeordnet war, mit Chadschi Murat stets zehn Mann ausreiten, so fehlten an andern Stellen die nötigen Mannschaften. Am ersten Tage wurden ihm, wie befohlen, zehn Mann beigegeben, dann aber entschied man, daß immer nur fünf Kosaken mitreiten sollten, und man bedeutete Chadschi Murat, er solle nicht immer seine sämtlichen Muriden mitnehmen.

Am 25. April jedoch ritt Chadschi Murat mit allen seinen Getreuen aus. Während er sein Pferd bestieg, bemerkte der Kosakenoffizier, daß alle fünf Muriden sich anschickten, Chadschi Murat zu begleiten. Der Offizier machte ihn darauf aufmerksam, daß ihm die Mitnahme seiner sämtlichen Leute untersagt sei, doch Chadschi Murat tat, als ob er seine Worte nicht höre, und ritt davon, worauf ihn der Offizier gewähren ließ. Der ihm beigegebene Unteroffizier war ein stattlicher, untersetzter, blonder junger Mensch namens Nasarow, die Wangen wie Milch und Blut, das Haar vom Scheitel aus nach vorn und hinten gekämmt und rund herum abgeschnitten. Mit Stolz trug Nasarow das Georgskreuz für Tapferkeit auf der Brust. Er war der älteste Sohn einer armen altgläubigen Familie, der den Vater früh verloren hatte und seine alte Mutter samt fünf jüngeren Geschwistern unterhielt.

„Laß ihn nicht zu weit reiten, Nasarow!“ rief der Offizier ihm nach.

„Zu Befehl, Euer Wohlgeboren“, antwortete Nasarow und setzte, während er die Büchse auf dem Rücken zurecht schob, seinen großen stattlichen Fuchswallach in Trab. Die vier Kosaken ritten hinter ihm her. Der eine von ihnen war der als Dieb und Beutemacher bekannte Ferapontow, ein langer, hagerer Mensch, von dem Hamsalo Schießpulver gekauft hatte. Dann war da ein älterer Kosak, Ignatow mit Namen, dessen Dienstzeit eigentlich schon um war – ein stämmiger Bursche, der gern mit seiner Stärke prahlte. Der dritte der Kosaken, Mischkin, war ein schmächtiges, noch nicht volljähriges Kerlchen, über das alle sich lustig machten. Petralow, der vierte, war ein blonder junger Mann, stets munter und freundlich, der einzige Sohn seiner Mutter.

Der Morgen war nebelig, um die Frühstückszeit jedoch wurde das Wetter klar, und die Sonne schien hell auf das junge Laub, auf das frisch hervorsprießende, jungfräulich grüne Gras, auf die eben aufgegangenen Saaten und die gekräuselte Oberfläche des rasch hineilenden Flusses, der links vom Wege sichtbar war. Chadschi Murat ritt im Schritt daher, und die Kosaken sowie seine Muriden blieben dicht hinter ihm. So ging es ein ganzes Stück Weges vor die Festung hinaus. Frauen mit Körben auf dem Kopfe, Soldaten auf Fouragewagen, knarrende, mit Büffeln bespannte zweiräderige Karren begegneten ihnen. Als sie etwa zwei Werst von der Festung entfernt waren, brachte Chadschi Murat seinen kabardinischen Schimmel in eine raschere Gangart, und auch die Muriden und Kosaken setzten sich in Trab.

„Ein prächtiges Pferd hat er doch“, meinte Ferapontow. “Das hätte et damals haben sollen, wie er noch gegen uns war – ich hätt's ihm nicht lange gelassen!“

„In Tiflis hat man ihm dreihundert Rubel dafür geboten.“

„Und ich wette, daß ich ihn auf meinem Fuchs überhole“, sagte Nasarow.

„Das wollen wir doch erst sehen“, meinte Ferapontow.

Chadschi Murat ritt in immer rascherem Tempo.

„Heda, Freund, das geht nicht! Immer langsam!“ lief Nasarow und ritt an Chadschi Murat heran.

Chadschi Murat sah sich nach ihm um und ritt, ohne ein Wort zu sagen, in seinem flotten Tempo zwischen Schritt und Paßgang weiter.

„Ich sag' euch, die Kerle haben etwas im Sinn“, sagte Ignatow. „Da – wie sie uns anglotzen!“

Noch eine Werst legte man so nach den Bergen hin zurück.

„Ich sag's noch einmal: das geht nicht so!“ schrie Nasarow Chadschi Murat zu.

Chadschi Murat antwortet nicht und sah sich auch nicht um, sondern beschleunigte nur noch sein Tempo und ging in einen kurzen Galopp über.

„Nein, du entkommst mir nicht!“ rief Nasarow, der sich an der Ehre gepackt fühlte.

Er versetzte seinem großen Fuchswallach einen kräftigen Peitschenhieb, richtete sich in den Steigbügeln auf, neigte sich vor und setzte in gestrecktem Galopp Chadschi Murat nach.

Der Himmel war so klar, die Luft so frisch, und die Lust und Freude am Leben erfüllte so ganz Nasarows Seele, als er jetzt mit seinem wackeren guten Tiere gleichsam in eins verwachsen, auf dem ebenen Wege hinter Chadschi Murat herjagte, daß ihm auch nicht der leiseste Gedanke kam, es könnte etwas Schlimmes, Schreckliches eintreten. Er freute sich nur, daß er mit jedem Satz, jedem Sprunge Chadschi Murat näher kam. Dieser schloß aus dem immer vernehmlicher klingenden Hufschlag des großen Kosakenpferdes, daß Nasarow ihn über kurz oder lang einholen mußte, und während er mit der rechten Hand nach seiner Pistole griff, suchte er mit der linken seinen in Hitze geratenen, durch die Hufschläge in seinem Rücken beunruhigten Kabardiner zurückzuhalten.

„Das geht nicht, sage ich!“ schrie Nasarow, der nun schon fast Seite an Seite mit Chadschi Murat ritt und bereits die Hand ausstreckte, um den Zügel seines Pferdes zu fassen. Aber noch hatte er den Zügel nicht berührt, als plötzlich ein Schuß ertönte.

„Was fällt dir denn ein?“ rief Nasarow und faßte nach seiner Brust. „Los auf sie, Jungens!“ rief er den Kosaken zu und taumelte im Sattel zurück.

Doch die Muriden griffen noch vor den Kosaken zu den Waffen, schossen ihre Pistolen auf sie ab und hieben mit den Säbeln auf sie ein. Nasarow hing schlaff auf seinem Pferde, das führerlos mit ihm hinter den anderen Pferden herlief. Ignatows Pferd brach zusammen und riß seinen Reiter mit zu Boden; zwei der Bergbewohner hieben, ohne abzusteigen, auf seinen Kopf und seine Arme ein.

Petrakow wollte dem Kameraden zu Hilfe kommen, aber zwei Schüsse, der eine in den Rücken und der andere in die Seite, machten ihn kampfunfähig, und er fiel wie ein Sack vom Pferde.

Mischkin hatte mit seinem Pferde Kehrt gemacht und war nach der Festung zurückgejagt. Chanefi und Bata setzten ihm nach, doch hatte er schon einen zu großen Vorsprung, als daß ihn die Muriden hätten erreichen können. Als sie das vergebliche ihres Bemühens erkannten, kehrten sie zu den Ihrigen zurück. Hamsalo, der mit seinem Dolche Ignatow den Rest gegeben hatte, versetzte auch Nasarow noch einen letzten Stich und riß ihn vom Pferde. Bata nahm den Getöteten die Patronentaschen ab. Chanefi wollte Nasarows Pferd mitnehmen, doch Chadschi Murat rief ihm zu, er solle es nur zurücklassen, und ritt im Galopp die Straße entlang weiter. Die Muriden jagten hinter ihm drein, gefolgt von Nasarows Pferde, das sie vergeblich zurückzuscheuchen suchten. Sie sprengten eben mitten durch die Reisfelder, als vom Turme in Nucha ein lauter Alarmschuß erdröhnte.

Petrakow lag mit aufgeschlitztem Bauche auf dem Kampfplatz, sein jugendliches Gesicht war dem Himmel zugewandt; wie ein Fisch auf dem Trockenen schnappte er lautlos nach Luft und starb.

Sechsundzwanzigstes Kapitel

Herrgott, Kinder, was habt ihr denn da angerichtet?“ rief der Festungskommandant und faßte sich verzweifelt an den Kopf, als er die Nachricht von Chadschi Murats Flucht erhielt. „Nun geht es mir an den Kragen! Wie konntet ihr den Räuber nur laufen lassen?!“ schrie er auf Mischkin los, der ihm soeben das Vorgefallene gemeldet hatte.

Sogleich wurde überall Alarm geschlagen, und nicht nur die Kosaken, die zur Verfügung standen, sondern auch die Milizen der friedlichen Dörfer wurden, soweit dies in der Kürze der Zeit möglich war, mobil gemacht und den Flüchtigen nachgesandt. Eine Belohnung von tausend Rubeln wurde für denjenigen ausgesetzt, der Chadschi Murat, ob tot oder lebendig, zurückbringen würde. Zwei Stunden, nachdem Chadschi Murat mit seinen Begleitern entflohen war, befanden sich bereits zweihundert Berittene mit dem Kommissar an der Spitze unterwegs, um die Entkommenen wieder einzufangen.

Nachdem Chadschi Murat noch einige Werst auf der Landstraße weitergeritten war, hielt er seinen schwer keuchenden, ganz in Schweiß gebadeten Schimmel für einen Augenblick an. Rechts vom Wege sah man die Hütten und das Minarett des Dorfes Benerdschik, links dehnten sich weithin die Reisfelder, und hinter ihnen schimmerte von ferne der Fluß. Wiewohl nun der Weg in die Berge nach rechts führte, schlug Chadschi Murat doch die entgegengesetzte Richtung, nach links hin, ein, da er annahm, daß die Verfolger den Weg nach rechts wählen würden. Er gedachte an der ersten besten Stelle über den Alasan zu setzen, am anderen Ufer, wo ihn niemand vermuten würde, entlang zu reiten, bis er den Wald erreichte, dann wieder überzusetzen, auf die Straße zurückzukehren und nun erst seinen Weg in die Berge zu nehmen. Nachdem er diesen Entschluß gefaßt, nahm er sogleich seinen Weg nach links. Doch zeigte es sich, daß es unmöglich war, an den Fluß zu gelangen. Das Reisfeld, das er passieren mußte, war, wie stets im Frühling, unter Wasser gesetzt und in einen einzigen großen Sumpf umgewandelt, in dem die Beine der Pferde tief versanken. Chadschi Murat ritt mit seinen Begleitern bald dahin, bald dorthin, in der Hoffnung, einen trockeneren Weg zu finden, aber die Felder, auf die sie gerieten, waren alle in gleicher Weise überschwemmt und unpassierbar. Die Pferde konnten nur mit Mühe die versinkenden Beine aus dem schluckernden Morast ziehen, machten schwer keuchend ein paar Schritte und blieben immer wieder stehen. Eine ganze Zeitlang quälten sie sich auf diese Weise ab, ohne den Fluß zu erreichen. Da erblickten sie ein kleines Gehölz, aus niedrigem Buschwerk bestehend, das sich inselartig aus dem Reisfeld erhob. Dorthin beschloß Chadschi Murat sich zu wenden, um im Schutze der Sträucher die erschöpften Tiere ausruhen zu lassen und den Anbruch der Nacht abzuwarten. Sie erreichten das Gehölz, stiegen ab, fesselten die Pferde und ließen sie weiden. Sie selbst verzehrten das aus Brot und Käse bestehende Mahl, das sie mitgenommen hatten. Unentdeckt blieben sie hier bis zum Eintritt der Dunkelheit. Der im ersten Viertel stehende Mond, der zuerst geschienen hatte, war hinter die Berge gegangen, und die Nacht war dunkel. Es gab um Nucha herum besonders viele Nachtigallen, und auch in dem Gehölz ließen sich jetzt einige vernehmen, nachdem sie anfänglich, solange die Reiter mit ihren Pferden sich hin und her bewegten, still geblieben waren. Unwillkürlich lauschte Chadschi Murat, während er besorgt in die Nacht hinausspähte, ihrem Gesange.

Und er dachte an den Nachtigallensang und das Lied von Hamsat, das ihn heute Nacht, als er im Hausflur sich Wasser holte, so gefesselt hatte. Jeden Augenblick konnte es ihm jetzt ebenso ergehen wie jenem Hamsat. Eine Ahnung beschlich ihn, daß sein Schicksal das gleiche sein würde, und tiefer Ernst senkte sich in seine Seele. Er breitete seinen Filzmantel auf der Erde aus und verrichtete sein Gebet. Kaum hatte er es beendet, als sich in der Ferne ein Geräusch vernehmen ließ, das sich dem Gehölz zu nähern schien. Es rührte, wie ihm vorkam, von zahlreichen Hufen her, die durch das feuchte Reisfeld dahergewatet kamen. Der scharfäugige Bata lief an den Rand des Gehölzes und sah im Dunkeln die Schatten von Reitern und Fußgängern. Chanefi, der auf der anderen Seite des Gehölzes Ausschau hielt, sah auch dort Reiter und Fußgänger, die näher und näher kamen. Das war Karganow, der Kommissar des Bezirks, mit seinen Milizen.

„Wohlan, so werden wir kämpfen, wie Hamsat", dachte Chadschi Murat.

Nachdem das Alarmzeichen ertönt war, hatte Karganow sich mit etwa hundert Milizen und Kosaken an die Verfolgung Chadschi Murats gemacht, doch konnte er nirgends eine Spur von ihm entdecken. Schon hatte er enttäuscht und hoffnungslos den Rückweg angetreten, als er kurz vor Anbruch des Abends einem Greise begegnet war, den er befragte, ob er keine Berittenen gesehen habe. Der Alte erwiderte, er habe wohl welche gesehen, sechs Reiter habe er gesehen, die in den Reisfeldern hin und her geritten seien und dann in das Gehölz, in dem er Reisig sammelte, gekommen seien. Karganow ließ sogleich kehrt machen, nahm den Alten mit und rückte bis in die Nähe des Gehölzes vor, wo ihm die gefesselten Pferde zu Gesicht kamen und Chadschi Murats Anwesenheit verrieten. Er wartete, bis die Nacht hereinbrach, verteilte dann seine Mannschaften im Kreise um das Gehölz und sah dem anbrechenden Morgen entgegen, der ihm Chadschi Murat tot oder lebendig in die Hände liefern sollte.

Als Chadschi Murat begriffen hatte, daß er vom Gegner eingekreist sei, suchte er einen mitten im Gehölz befindlichen trockenen alten Graben auf: hier wollte er sich mit den Seinigen verschanzen und sich so lange verteidigen, als sein Kugelvorrat und seine Kräfte reichten. Er teilte seinen Plan den Genossen mit und befahl ihnen, einen Wall um den Graben herum zu errichten. Die Muriden begannen sogleich, Zweige abzuhauen und mit ihren Dolchen, so gut es ging, Erde aufzuschütten. Chadschi Murat arbeitete selbst eifrig mit. Als der Morgen dämmerte, ritt der Befehlshaber der Milizen vor das Gehölz und rief mit lauter Stimme: „Heda, Chadschi Murat, ergib dich! Unser sind viele, und ihr seid nur wenige."

Als Antwort fiel ein Schuß aus dem Graben, ein Rauchwölkchen stieg auf, und unter einem der Milizsoldaten brach das Pferd zusammen. Gleich darauf krachten die Büchsen der Milizen, die am Rande des Gehölzes aufgestellt waren, und ihre Kugeln pfiffen, Laub und Zweige niederreißend, durch die Büsche, trafen jedoch keinen der in dem Graben Verschanzten, sondern schlugen wirkungslos in den Verhau, den die Muriden errichtet hatten. Nur Hamsalos Pferd, das zu weit abseits gegangen war, wurde verwundet. Die Kugel hatte es am Kopfe getroffen, es war jedoch nicht zusammengebrochen, sondern hatte die Fessel zerrissen und war, das junge Gras mit seinem Blute färbend und mit lautem Krachen die Büsche durchbrechend, zu den anderen Pferden hingestürmt. Chadschi Murat und seine Leute schossen nur immer dann, wenn einer von den Milizsoldaten sichtbar wurde, und sie verfehlten nur selten ihr Ziel. Drei Mann von den Milizen waren bereits verwundet. Die Milizen verspürten durchaus keine Lust, sich auf Chadschi Murat und seine Leute zu stürzen, sie entfernten sich im Gegenteil immer weiter von ihnen und schossen ins Geheg hinein aus der Ferne. So verging wohl eine gute Stunde. Die Sonne war bereits über den Horizont getreten, und Chadschi Murat dachte schon daran, sein Pferd zu besteigen und den Versuch zu machen, sich bis zum Flusse durchzuschlagen, als sich das laute Geschrei einer neu angelangten großen Milizabteilung vernehmen ließ. Es war Chadschi Aga von Mechtulinsk, der mit seinen Leuten angelangt war. Es waren ihrer wohl an die zweihundert Mann. Chadschi Aga war dereinst mit Chadschi Murat befreundet gewesen und hatte mit ihm zusammen in den Bergen gelebt, doch war er dann zu den Russen übergegangen. Mit ihm war auch Achmet Chan gekommen, dessen Vater mit Chadschi Murat verfeindet war. Ebenso wie Karganow leitete auch Chadschi Aga sein Vorgehen damit ein, daß er Chadschi Murat aufforderte, sich zu ergeben, was dieser wiederum durch einen Schuß beantwortete.

„Die Säbel heraus, Kinder!“ rief Chadschi Aga, und die Milizen warfen sich mit lautem Geschrei auf das Gebüsch. Doch hinter dem Wall hervor knallten nacheinander ein paar Schüsse, und drei Mann fielen wieder zu Boden. Die Heranstürmenden machten Halt, gingen an den Rand des Gehölzes zurück und schossen von dort aus auf die Verschanzung. Von neuem gingen sie dann, hinter Büschen Deckung suchend, vor, und während ein Teil von ihnen ganz in die Nähe vordrang, fielen andere unter den Kugeln Chadschi Murats und seiner Muriden. Chadschi Murat schoß nicht eine Kugel umsonst ab und auch Hamsalo traf fast immer und stieß jedesmal einen Freudenschrei aus, wenn er sah, daß er gut geschossen hatte. Chan Mahoma saß am Rande des Grabens, sang laut sein *„Illach il allah“* und schoß ohne Hast, traf jedoch nur selten. Eldar bebte an allen Gliedern vor Ungeduld, sich mit dem Dolche auf die Feinde zu stürzen, schoß häufig und mit wechselndem Erfolge und sah immer wieder auf Chadschi Murat oder steckte den Kopf aus dem Graben. Der zottige Chanefi hatte die Ärmel aufgestreift und verrichtete auch hier die Arbeit eines Dieners. Er lud die

Büchsen, die ihm Chadschi Murat und Chan Mahoma reichten, schüttete trockenes Pulver auf die Pfannen und schob die Kugeln samt den eingefetteten Pfropfen mit dem eisernen Ladestock in die Läufe. Bata hielt es in dem Graben nicht aus, er lief zu den Pferden hin und suchte sie an einen sicheren Platz zu treiben, wobei er unaufhörlich kreischte und aus freier Hand, ohne Stütze, schoß. Er wurde zuerst verwundet. Die Kugel traf ihn in den Hals, und er setzte sich nieder und begann, während er Blut spuckte, laut zu schimpfen. Dann erhielt Chadschi Murat einen Schuß in die Schulter. Er riß ein Stück Watte aus seinem Beschmet, verstopfte damit die Wunde und fuhr fort zu schießen.

„Greifen wir doch zu den Säbeln!" rief Eldar schon zum dritten Male. Er schaute hinter dem Wall hervor und wollte sich schon auf die Feinde werfen, da traf ihn eine Kugel, und er wankte und fiel kopfüber gerade auf Chadschi Murats Bein. Chadschi Murat sah ihn an: die schönen Widderaugen waren fest und ernst auf ihn gerichtet. Der Mund mit der vorspringenden Oberlippe zuckte, ohne sich zu öffnen. Chadschi Murat zog sein Bein unter dem leblosen Körper hervor und fuhr fort zu schießen.

Chanefi beugte sich über Eldars Leichnam und nahm die noch nicht abgeschossenen Patronen aus seiner Tscherkeska.

Chan Mahoma fuhr inzwischen fort zu singen, langsam zu laden und zu zielen. Die Feinde kamen, sprungweise von Busch zu Busch vorgehend, unter Schreien und Kreischen immer näher. Noch eine zweite Kugel traf Chadschi Murat, diesmal in die Seite. Er legte sich im Graben hin, zog wieder ein Stück Watte aus seinem Beschmet und verstopfte damit die Wunde. Diese zweite Wunde war tödlich, und Chadschi Murat fühlte, daß er sterben würde. Bilder der Erinnerung traten in rascher Folge vor seine Seele. Er sah den starken Abununzal Chan vor sich, wie er, mit der einen Hand die abgeschlagene, herunterhängende Backe festhaltend, sich mit dem Dolche auf die Feinde stürzte, und er sah den blutleeren, hinfälligen alten Woronzow mit seinen listigen Augen und seiner glatten Zunge, und seinen Sohn Jussuf, und seine Gattin Sofiat, und das bleiche Gesicht seines Todfeindes Schamyl mit dem roten Bart und den halbgeschlossenen Lidern. Und alle diese Erinnerungen jagten rasch an seinem Geiste vorüber, ohne irgendeine Empfindung, sei es Mitleid oder Haß, oder sonst etwas, in ihm hervorzurufen. Alles das erschien so nichtig im Vergleich zu dem, was jetzt für ihn beginnen sollte oder schon begonnen hatte. Er raffte seine letzte Kraft zusammen, richtete sich hinter dem Schutzwalle auf, schoß seine Pistole auf einen vorübereilenden Milizsoldaten ab und traf ihn. Der Getroffene brach zusammen. Nun kroch Chadschi Murat vollends aus dem Graben heraus und ging, schwerfällig hinkend, mit dem Dolche in der Faust, dem Feinde gerade entgegen. Ein paar Schüsse wurden auf ihn abgegeben, und er wankte und stürzte zu Boden. Eine Anzahl Milizen warfen sich unter lautem Siegesgeschrei auf den Körper des Gefallenen. Doch der, den sie für tot hielten, bewegte sich plötzlich. Zuerst erhob sich der blutige Kopf, von dem die Lammfellmütze heruntergefallen war, und dann reckte sich der Rumpf in die Höhe und richtete sich, mit den Armen einen Baumstamm umfassend, langsam empor. So entsetzlich war dieser Anblick, daß alle, die herbeigeeilt waren, wie erstarrt dastanden. Doch plötzlich ging ein Beben durch Chadschi Murats Körper, er ließ den Baum los, fiel so in seiner ganzen Länge, wie eine Distel, die die Sense getroffen, mit dem Gesicht voran, auf die Erde und rührte sich nicht mehr. Aber wenn er sich auch nicht mehr regte, so fühlte er doch noch immer. Als Chadschi Aga, der zuerst auf ihn zugeeilt war, ihn mit seinem großen Dolche über den Kopf schlug, war ihm, als schlüge man ihn mit einem Hammer über den Schädel, und er konnte nicht begreifen, wer das tat, und warum es geschah. Es war die letzte Empfindung, die ihn noch mit seinem Körper verband. Dann fühlte er gar nichts mehr, und das, was da von den Feinden mit Füßen getreten und zerhackt wurde, hatte nichts mehr mit ihm gemein. Chadschi Aga trat ihm auf den Rücken, schlug ihm mit zwei Hieben den Kopf ab und stieß ihn vorsichtig, um sich die Schuhe nicht blutig zu machen, mit dem Fuße zur Seite. Das hellrote Blut, das der Halsschlagader entströmte, färbte, mit dem schwarzen Blute der Kopfwunden vermischt, das Gras.

Wie der Jäger über dem getöteten Wild, so standen Karganow, Chadschi Aga und Achmet Chan über den Leibern Chadschi Murats und seiner gefallenen Muriden. Chanefi, Chan Mahoma und Hamsalo waren überwältigt und gefesselt worden. Im Pulverdampf durch die Büsche streifend, unterhielten sich die Sieger höchst vergnügt und freuten sich ihres Triumphes.

Die Nachtigallen, die während des Feuerns geschwiegen hatten, begannen jetzt wieder zu schlagen – zuerst die eine in nächster Nähe und dann die andern weiter im Gehölz.

*

Der Tod dieses Menschen war es, den mir die zertretene Distel auf dem frischgepflügten Acker ins Gedächtnis rief.

Ende